母が時空散歩始めました

琉水 掬世
Rusui Mariyo

風詠社

目次

はじめに（本の内容について）

認知症（今後はボケと書く）の親と接していて、ボケている親の予想外な言動を不思議に思ったり、神秘を感じたりした事はありませんか？

それはまるで時空を超えて見てきたかのような言動だったり、あたかも体験してきたような表情だったり、常識では考えられないような突拍子もない発想だったり……。

ある日突然、脊柱管狭窄症で立てなくなった母の介護に通う中で、私はボケが進行していく母に心底がっかりしながらも、ふと何か不思議なものを感じるようになりました。ボケと正気を行き来する母の時空を超えた言動は時にリアルで、人智を超えた神秘的な感覚になっていったのです。

さらに、この感覚に似た現象が私の周りに起こりました。それは、兄の脳出血による回復までの人格の変化と次元がずれたような発言です。

兄は雪国の二月の極寒の中、実家の脱衣所で脳出血により二日間も倒れていたのを発見されました。何週間も原因不明の高熱が続き危ない状況でしたが、集中治療室を出てからは会話ができるようになりました。

そんな兄を見舞ったり助けたりしている間、兄はいつもの兄とは様子が違っていました。まるで別人のような言動であり、顔の表情や癖までが違いました。それらが、母のボケの様子とある部分重なるように感じたのです。

天国に近づきつつある魂は、身体から抜け出して時空を飛び回れるのではないか……と私は考えるようになりました。そう考えないとつじつまが合わないと思えてきたからです。なぜそう思ったかの数々の根拠を書き残しておかなければ……と考えるようになったのが、この本を書くきっかけです。

ですからこの本は、認知症の人と接して不思議を感じている方や、瀕死の重症の人を身近に見て超常的なものを感じた事がある方に読んで頂ければ嬉しいです。逆にそういう経験がない方に、この本の内容を理解していただくのは難しいかもしれません。

なぜ私が当時を事細かに回顧できるかというと、日記を書くようにその時々の状況や思いをエッセイにしていたからです。介護の辛さや切ない思いをメインに、そこに母のボケについて不思議に思ったことなどをプラスして書いていました。書き尽くすことが、私のストレス軽減法だったからです。ですから、母や兄に起きたことなどの内容は全て真実です。私や家族が見た紛れもない真実なのです。

一つ断っておきたいことがあります。私の言う「ボケ」は、世間でいう「認知症」の部類なのでしょうが、私は母に「認知症」という言葉をなんとなく使いたくないのです。それを「病気」と位置付けるには何か違うように感じているからです。もっと柔らかくてほのぼのとしたイメージで「ボケ」という言葉を使っています。なぜ私がそう考えるようになったかは、読み進めていくとわかっていただけると思います。

これらは、あくまでも私の母の場合であって、認知症は人によって症状の出方が違い様々だと思います。

では、母のこと、兄のこと、そしてそれらによる私の心模様を時の流れに準じて書き進めていこうと思いますが、何分にも素人なので拙い文章であることをお許し下さい。

第一章　母がボケていく

母の入院

二〇一四年二月のことである。

我が家は夫と、さほど年が離れてない三人娘、そして私の五人家族であり、北陸のとある県の片田舎に住んでいる。長女（陽織・ひおり）は東京の大学病院に就職し、次女（百合乃・ゆりの）は家から地元の大学に通い、三女（詩乃歌・しのか）は仙台の大学に通っていた。

ごく平凡に時が流れていたそんなある日、三女の詩乃歌の身体に異変が見つかり、仙台の病院で手術を受けることとなった。家に試験中の次女の百合乃を残して、夫と東京から駆け付けた長女の陽織と共に、私達は詩乃歌の手術のために仙台に向かおうとしていた。

その際、同じ市内に住み、私達家族をいつも助けてくれていた母が、

「ゆりちゃんは試験中だから家に一人残るのよね？　ゆりちゃんのことは任せておきなさい。なにかあったら飛んで行くから」と言ってくれた。同じ市内と言っても車で四十分、車のない母は歩いて駅まで行き、電車を乗り継いで一時間以上かけて来るしかない。もう大学生なので余程のことが無い限り母に面倒をかけることはないと思いつつも、その言葉で安心して出かけることができた。それほど私は、長年普段から両親を頼り続けてきた。

仙台では珍しく大雪が降る中、三女の詩乃歌の手術は無事に終了した。すぐさま母にその旨をメールで伝えたのだが、それから三日間返信がない。メール相手が私と孫三人しかいない母は、いつも即座に返信をよこすのに、三日も返信がないのは初めてだ。手術無事終了の連絡を、誰よりも待っているのは母のはず。何かあったのではないかと心配になり、携帯や自宅に電話したり父にもメールしたりしたが、全く連絡がとれず不安がつのっていった。

四日目にようやく母から長文のメールが数通届いた。そこには、突然の腰痛で立てなくなったこと。なんとか父が母を病院に運んだものの、受診するためには医院の紹介状が必要と帰されたこと。母のかかりつけの整形外科医院に父が一人で行き、「紹介状を書いて欲しい」と頼んだが、「本人を連れて来ないとだめだ！」と医師に厳しく言われ、八十七歳の父が母を負ぶって車に乗せて医院に連れて行き、やっと紹介状を書いてもらったこと。その紹介状を持って父が母を再度病院に連れて行き、ようやく入院できたこと等々、この二～三日の経緯が記されてあった。

「なんとか入院できて今は安静にしているから、急いで帰って来なくてもいいよ。しのちゃんが回復するまで、そばでしっかり看てあげなさい」とメールを寄こす度に文末に書き添えられてあった。

詩乃歌の手術日の朝に七十九才の母は動けなくなり、八十七才の父が母を介護し、おんぶしながら二日間ほど奔走していたようだ。

（年老いた人に対して医療界はなんて厳しい対応なのだろうか。ひどすぎる……。よりによってなぜ私達がいない時に……）

両親が可哀想だったと切なく感じた。後々父から聞いた話では、看護師さんが後を追ってきて、こっそり「ごめんなさいね」とか、「救急車呼んだ方が早いよ」とアドバイスしてくれる優しい人も何人かいたとか。それを聞いてちょっと気持ちが救われる思いがした。

母はとりあえず入院し治療ができているようなので、私が直ぐに飛んでいかなくても大丈夫だろうと判断した。詩乃歌が退院してマンションに戻り、一人で生活出来るように準備を整えてから帰ることにした。

仙台は珍しく雪が積もって一歩外に出れば歩道もデコボコして歩きにくい。大雪に慣れていない県らしく道路の除雪が一向にされていないし、雪かきをする人達も要領が悪い上に、雪かき道具が揃っていないようだ。雪道を歩くことに慣れていないのか足を取られて転んでいる人を何人も見かけ、雪国育ちの私は雪への対応の遅さをちょっと不思議に感じた。そんな中を痛みから身体をくの字に曲げてそろそろ歩く詩乃歌が心配で後ろ髪を引かれる思いだったが、両親が気がかりで当初の予定より早く自宅に戻った。手術から二週間後くらいだったと思う。（後々、娘は順調に回復し、学生生活に復帰した）

病院に母の見舞いに行くと、母は腰を痛がっているものの普通に会話ができ、意外と元気そうに見えたのでホッとした。同室の年齢が近い三人のおばあさん達と和気あいあいと話をして、ベッドで安静治療ではあるが楽しそうに過ごしている様子。四人の会話や笑い声で部屋は病室とは思えないほどのほんわかムードが漂っていた。内科や外科と違って、内臓治療ではない整形外科の病室だからだろう。こんな明るい雰囲気の中での治療なら母はそのうち良くなるに違いないと、さほど深刻に考えなかった。父は毎日一人で朝晩二回、私は昼前後に次女を連れたりして二〜三日おきに見舞った。

母は、脊柱管が狭くなり中を通る神経が圧迫されて痛みや歩行障害が起きる「脊柱管狭窄症」と診断された。腰の激痛緩和のためにどんどん強い薬を使っているせいか、母は日に日に覇気がなくなり、めまいを訴えて具合が悪そうになっていった。

そんなある日の病室を見舞った時、ベッド上の「レントゲン検査」と書かれた紙を見て、母は検査に連れて行かれてまだ病室に戻ってないと分かり、私は同室の方々に会釈をして部屋から出ていこうとした。その時、同室の三人が、

「ねぇ、ちょっと、娘さん！」と少し強めな声で私を呼び止め、私を囲むように近づいて来た。皆さん七十歳代後半。その中の一人、腰の手術のために入院している元気ハツラツで聡明そうなおばさん（どこかの社長さんだとか）が、真顔で私の目をしっかりと見ながらパキパキと話し出した。

「あなた全然気付いてないから言うわね。お母さん、数日前から夜中に暴れたり叫んだりしておかしいのよ。この病棟の人達、みんなうるさくて眠れないの！　私達も全然眠れなくて困っているのよ！」

「そうだ、そうだ」と他の二人も堰を切ったようにあれこれ母の様子を話し出した。どうやら、数日前から母が夜中に叫んだり暴れたりするので、皆さん寝不足で困っているらしい。夜中に騒いだ母は昼間になるとぐったりとしておとなしく、その姿しか見てない父や私が、母の異常に全く気付いていないので知らせようと思っていたそうだ。

さらに、奇妙な言動で騒ぐ母は、一部の看護師さん達に「認知症になった！」と邪険に扱われ、ポータブルトイレの練習だと言って、一人で無理矢理立たせてわざと転ばされたり、それを見て笑われたりしていたそうだ。

「可哀想で見ていられなかったわよ。娘さんが来たら絶対に言おうと三人で決めていたの」と三人は捲し立てた。

毎日朝夕二度も面会に通っている強面の父には、言いにくかったようだ。

私はとりあえず教えてくれたことに礼を言い、迷惑をかけていることに謝罪し、検査から戻ってぐったりしている母の顔をチラッと見ただけですぐに部屋を出た。一刻も早くその場から離れたかった。

病院駐車場に停めてある車の中で、今聞いた話を消化しようと努めた。母は、私とは全く違うタイプ。誰が見ても品があって、綺麗で、控えめで物静か。人に迷惑をかけることを嫌い、悩みや愚痴など聞き上手な母の周りには、集まってくる友達がとても多い。そして何よりも賢い。（残念ながら私は父似で、容姿や性格は全て母とは真逆のような人間である）

「そんな母が叫ぶの？　暴れるの？　どういう事……？」

実家に寄って父に報告すると、父の困惑と落ち込みは想像以上だった。私の話を聞きながら座り込み、がっしりとした上半身はガクッとうなだれ、大きなため息交じりに「困った……、困った……」を連呼していた。いつも威張って、ワンマンで、元気はつらつで若々しく見える父が、急に縮こまって老けて見えた。

父を説得して、ようやく何も知らない兄に母の入院とおかしな言動を知らせてもらった。父は兄を頼ったり迷惑をかけたりしたくなかったのだと思う。四十年間、家内に何か事が起きても、わざわざ兄に知らせる者はいなかった。父から兄に電話したのは、人生で初めてだったのではないだろうか。

東京の病院で働く長女の陽織に相談すると、

「それは『せん妄』だよ。薬のせいか入院のストレスで、一時的にちょっと意識混乱する人がいるんだよ。薬を換えるか退院すると治る人が多いから大丈夫！　実際、退院したらよくなった人を何人も見てきたから」とのこと。ちょっとホッとした。

　この日から私は車で往復一時間半の道のりを毎日せっせと病院に通い、母に話しかけ、元の母に戻すべく努力をしようと決めた。

　母の担当医についている女性研修医さんと、せん妄を起こさない薬を話し合うようにもなった。この研修医さんは陽織と同じくらいの二十代半ば。東京から飛んで来てくれた陽織と一緒に薬を調べたり試したりしてくれて、本当に親身に相談に乗って下さった。今でも感謝している。

　さらにせん妄脱出のため、母に何かを考える機会を与えようと思案した。母はずい分前だが俳句の会に入っていて、腕前は分からないが俳句をよく作っていたのを思い出した。一人で動けず外に出られない今の母には、季節を感じながら季語を入れて作る俳句は難しいかもしれない。そこで思いついたのが川柳だ。川柳は、人情を詠み、季語は要らない。病院は人が行き交うし、同室の患者さん達の見舞客を見ていると、数々の人間模様が垣間見えてくる。今の母には、川柳が良いのではないか？

　早速私は、暇な時間を見つけて月二回「初心者川柳教室」に川柳を習いに行きだした。私が川柳を知らなければ、母に作らせることはできないからだ。教室で次回の川柳のお題をもらって来る度に、母と二人で考え川柳作りをしたもので、これは大成功の選択だったと今でも思う。

これが、母のせん妄・ボケの不思議を味わう幕開けで、必死に元の母に戻そうと、私の「頑張りスイッチ」が入った頃のことである。

せん妄

母を見舞った際、

「昨夜も廊下に這って出て行って、ずうっと叫んでいたのよぉ～」と同室の方々が不満げに言ってきた。皆さん眠そうで、申し訳ない気持ちでいっぱいになるが、「ごめんなさい、本当にごめんなさい」と、ひたすら謝ることしかできない。ふと思う、(母のボケを謝るって不思議な感覚だなぁ……。いったい何を謝っているのだろうか?)と。

ベッドに横たわりおとなしく眠そうにしている母に、できるだけ優しく問いかけてみた。

「おかあさん、夜中に廊下で何を叫んでいたの?」

母は眠そうにゆっくりとした口調で答えた。

「廊下をね、みんなが楽しそうにペチャクチャお喋りしながら歩いていくのよ。みーんな、私に気付かないで行っちゃうのよ。だから廊下に這って行って、『私はここにいるよー、ここにいるんだよー』って、知らせようと必死に大声を出していたのに……。結局、だーれも私に気付いてくれなくてさぁ……、みーんな行ってしまった……」

「みんなって誰よ？」と私。

「お父さんとか、家族や親せき、お前もいたよ」

「えーっ、私もいたの？　私は家にいたよ。ここには来てないよー。夜中の病院には誰も来られないよー」と、つい強めに完全否定してしまう。母は黙って眠そうな目を閉じ、返事をしなかった。

　詩乃歌のことで仙台に行っていたため、母が入院したことをすぐにはわからなかったし、わかってからもすぐに飛んで来ることができなかった。兄や親せきや近所の方々にも告げずに入院していたので、半月くらい父しか見舞う人がいなく、痛みと孤独で心細かったのかもしれない。仙台から母にかけた電話では、

「来なくていいよ、しばらくしのちゃんの傍にいてあげなさい。こっちは大丈夫だか

ら」と繰り返し言っていたのに、心の奥底は不安で寂しかったのかもしれない。大変なことが重なってしまった運命を、ちょっと恨みたくなった。

その後、夜中になるとふらふらと廊下を歩いていることがあると、婦長さんから正式に聞かされた。

（えっ！　腰が痛くて歩けないと訴えての入院なのに、夜中歩いている……？）

夜中の歩きのせいで、昼間は一段と腰が痛いのではないかとのこと。そのことを知らない母は、私が会いに行くと

「痛い！　ちっとも良くならないのよ！」と嘆き寝込んでいた。

正気ではこんなに腰が痛いと訴えて歩けないのに、せん妄状態（いつも夜）になると腰の痛みを感じないでフラフラ歩いているなんて……。不思議すぎる！　それなのに婦長さんは「経験上よくあること」とおっしゃる。（それにしても、医師や看護師さん達はなぜ疑問に思わないのか？　どうして？　訳がわからない……）

聡明で優しそうな婦長さんは、一部の看護師さん達とは違い、軽々しく「認知症」という言葉を使わないようだ。

（夜におかしくなるのだから、もしかしたら夜寝る前に服用する薬が、せん妄を起こしているのではないか？）と考えながら帰路に就いた。

それに関連して、後日思い出したことがある。私の曾祖母は百四歳で亡くなる数年前まで、ほとんどボケることなく活動していた。そんな曾祖母が、自分の妹のことを嘆いて話していたことがあった。八十才過ぎている妹は認知症となり、毎日家を脱走しては外をふらつき帰れなくなるので、家の塀を高いものに作り替えたそうだ。それなのにその塀をよじ登って乗り越えて出て行ってしまうとか……。身体は百四十センチくらいでやせ型、背中がかなり丸まって普段は杖をついてトボトボ歩きのおばあさんである。どうやら母と同じで、スイッチが入れ替わると普段できないことができちゃうようだ。

「どうしてそんなことができてしまうのか……」と不思議そうに話す曾祖母の顔には、淋しさが漂っていた。その話と母の話は同じようなものかもしれない。

夜中に携帯電話が鳴るようになった。母からである。（簡単に私に電話がかけられるように、短縮ダイヤルで①を押せばいいだけにしてある。②は兄で、③は父だが、兄は一度もかかってきたことがないそうだ）母は携帯電話を持参して入院し、すぐ手が届くベッド脇に置いていた。

「どうしたの？」と出ると、
覇気のない声とゆっくり過ぎる話し方で、

「今ねぇ、船の中にいるんだけど……、船賃払ってないけど……、誰に払えばいいの？」

「そこは病院！　ゆっくり寝て！」

「えー、病院なの？　分かった……」

プツン。

船のシリーズは多かった。別の日は、

「今、船に乗ってるんだけど……、どうやって帰ればいい？　帰り方がわからないのよ……、どうすればいいの……」

「大丈夫、寝ている間に病院に着くから」

「そうかい……」プツン。

今思えば、あまりにも素っ気なく言葉を返していたので可哀想なことをした。夜中の電話は早朝に出勤しなければいけない夫を起こしてしまい、申し訳ない気持ちになる。睡眠中に鳴るベルに慌てふためきながら素早く電話に出て、優しく言葉を返す余裕などなかった。さらに、母と同室の患者三人も、母の声で起こしてしまうのではないかと気がかりだった……。何より私も、母を見舞うための病院通いで疲れていて、優しさを欠いていたようだ。


いろんな電話をかけてきたが、忘れられない電話がある。

「お父さんが、死んじゃうらしいよ。いろんな人が次々とメールで知らせてくるのよ。お父さんが死ぬって……」

「何言ってんのよ！　お父さん、今日は二回もお母さんに会いに行ってるじゃん。元気だよ！」と私がイラついて強めの言葉で返すと、

「うん、でもさぁ、お父さんの黒縁写真まで添えてある……、お父さんが死ぬって……、だから、届いたメールを一つずつ消しているのよ……」

「いったい誰がそんなメールを寄越すの？」

と聞くと、母の妹や数人の親せきの名をあげた。

「お父さんは、大丈夫だよ。きっと明日もお母さんに会いに行くよ」

「そうかい……」プツン。

朝になってから、私は父にメールして母の電話の内容を知らせた。父は朝早くに病院に行き、

「俺は生きてるぞー！　勝手に殺さんでくれや！」と母に言ってきたそうだ。

兄が「新幹線でこれからお母さんの見舞いに行きます」とメールをよこしたので、電話して事情を話し、母の携帯の受信メールを確認してほしいと頼んだ。毎週兄が土日に見舞いに来てくれるようになり、兄が見舞いに行く日は、私は病院に行かないことにしていた。

数時間後に「メールは誰からも来ていませんでした」と兄からメール。やれやれ、母の幻覚か……。

叔母（母の妹）にも電話で確認した。私が入院を知らせた当初に「元気出して頑張ろうね」と二度ほどメールしたそうだが、返事は一度もきていないそうだ。

その後母は、父が死んでしまうとずっと心配し続け私に訴えていた。数か月後に父が突然亡くなる日まで……。

母が調子良さそうな日、びっくりしたような表情とともに話してくれた、心に残って

いる話がある。

「ずっと横になって検査（ＭＲＩ検査）を受けている時に、私ねぇ、死んだのよ」

「えっ、本当に？」と私。

「身体からすーっと抜け出て、空をヒューっと飛んでいる間にどんどん若返っていくのよ。二十歳くらいになったかなぁ〜。そしたら、大勢の人たちが手を振ったり拍手をしたりと笑顔で出迎えてくれたのよぉ。もう、うれしくてさぁ〜」

「大勢の人たちって誰よ？」と私。

「長野のおじいちゃんやおばあちゃんとか、もう亡くなった姉弟や親戚たちよ。あ、それと亡くなった芸能人とか、テレビに出ていた人たち！」とにっこり微笑む母。

「そんなにうれしかったのに、なんで帰ってきたの？」と私。

「それがね、咳き込んだらあっという間にこの世に戻ってしまった……」と残念そうに言った。

母の話しぶりから、母の身に本当に起きたことのように感じられた。この世に戻されるなんて、まだこの世を去る予定日ではなかったのだろうか。母にはまだ何かやり残したことでもあるのかもしれないなぁ……となんとなく思った。

何年か後の母が亡くなった時、この会話は私の精神的救いとなった。
「お母さん、みんなに会えて楽しんでいるんだろうなぁ〜、若返ってもう足腰も痛くないしねぇ」と。

退院に向けて

母の退院準備をしなくてはならなくなった。母の足腰は期待したほど回復していない。たとえ治らなくても三か月が退院の目安で、もう過ぎているとのこと。父が病院側に何度か呼び出されて尻を叩かれたがらちが明かないので、その後私も一緒にと呼び出された。

担当の若い看護師さんが
「おとうさんと娘さんの二人で介護できますよね？」と詰め寄る。（そんな毎日実家に通うなんて無理……、いつまで続くのか……）と不安で、「はい、できます」なんて即答できない。父は
「もう少し良くなるまでお願いします。こんなに痛がっているのですから、手術とか何

か別の治療法はないのでしょうか？　転院でも構いません。どうかお願いします」をひたすら繰り返し、他の言葉が出ない。思い切り嫌な顔をする担当看護師さんも、仕事だから仕方ないのだろう。居座られては困ると病院から言われているのかもしれない。私はほとんど口を出さずに父の切ない訴えを聞いていたのだが、挙句の果てには医師が出てきて、

「こんなに認知症がひどいのに手術や転院なんてできるかぁー！」と父と私はその階に響き渡るような大声で怒鳴られた。父に対して辟易していたのだろう。父はうなだれて「すみません、わかりました」と一言言って、辛そうな表情と共に諦めたようだった。ワンマンで威張っていた父が、年老いて怒鳴られている姿を見たくはなかった。正直このやりとりが、私にはストレスで殊のほか辛かった。ただ退院と言われても、動けない母を連れて帰り、いったいどのように生活をさせたらいいのかわからない。私にも家庭があるし……。

何をどうしたらいいのかさっぱりわからないと訴える父と私に、婦長さんはケアマネージャーさんを紹介して下さった（もっと早く、退院を勧めた時に紹介して欲しかった……）。ケアマネージャーさんの助言によって、ようやく先々を考えられるように

なった感じだ。父はケアマネージャーさんに指導していただき、母を自宅に戻すために次々とさまざまな手続きをしていかなければならなかった。

介護度認定を受けたり、家の改造を大工さんに頼んでバリアフリー化したり、ショートステイやデイサービスの施設の通所手続き、ベッドや車いす・ポータブルトイレ・玄関の階段・スロープの搬入と設置。お弁当の配達、週二回掃除サービスの手続き等々。世帯主の父は数多くの説明を受け、数多くの話し合いをし、大量の書類書きと押印に疲弊していた。

「毎日毎日いろんな話し合いがあってな……。書類を書いても、書いても、次々とあるんだ……」と。八十七才の父は肺気腫の持病もあり、疲れ気味の様子でため息が増えていった。

それとは逆に、母は薬を検討し変えたせいか、退院が近付くにつれて本来の母に戻ってきたように思えた。リハビリも順調で、痛いと言いながらも歩行器でゆっくりと短距離なら歩けるようになり、ベッド脇のポータブルトイレが使えるようになった。

病室で介護認定を受けた時のことを思い出す。

「今日はお客さんが来るからね」と言うと、母は化粧道具を出して、それはそれは綺麗にメイクしていた。母はそこそこ美人で化粧映えがする。元々おしゃれな人で、入院にもしっかり化粧道具を持参していた。もちろん、認定員との受け答えもボケ一つなく、上手に上品に笑顔を添えてこなしていた。まぁ普段のボケ騒動を医師は書類に書いているだろうし、ほとんどベッド上か車いす生活なので、しっかり介護認定はされたが……。

母が退院してきた。私は朝実家に両親の手助けに行き、午後三時頃帰る生活。両親の夕飯は、業者が運んでくるお弁当。洗濯は母が入院してから父がしていた。八十七歳にして初めて洗濯機を使ったそうで、当初は使い方が分からず、入院中の母に何度も聞きに行ったそうだ。母の洗濯物も父が病院から持ち帰ってしていた。父が洗濯物を干す姿を初めて見て、少し切なくなったのを覚えている。

今思えば、もっと実家に居て父を助けてやるべきだったが、自分の家もいつも通り家事をして夕飯を出してと変わりなくこなしていた。両親のことで夫に不満を持たれたくなかったし、私も毎日通うだけでも疲れていた。

そんな様子を兄は察知し、土日には必ず新幹線で母の面倒を看に来てくれるようになったので、私は土日には実家に行かないことにした。私自身、ストレスを溜めないようにするためでもある。兄が看てくれているという安心感で、たまに繁華街で買い物をしたり、プチ旅行に行ったりと、息抜きができて助かった。

この頃から月に二回、土曜日の午前中にエッセイ教室に行き始めた。エッセイを習いたいと思ったわけではないが、行ける土曜日の教室の中で、材料や道具などの準備費用が一番かからず、いつでもあっさり辞められると思ったからである。

エッセイで自分の辛い状況や感じたことなどを書き始めたら、書くことでストレスが軽減していくような気がした。さらに、下手で自信のない文章でも、先生や生徒の皆さんが褒めて下さることもあり、ちょっと喜びも感じた。

退院してから家で過ごす昼間の母は、身体は不自由であっても、中身は以前とさほど変わらなくなっていった。ちょいボケはあっても、ほぼ普通の母である。だが、私が帰った後の夜になると、母の行動が怖い時があると父が切なそうに訴えてきた。

「昨夜遅く、玄関を開けて出て行こうとしたんだ。葬式に行くとか言って……。参ったよ。気付いて出て行くのを止められたから良かったものの……」

母のところに行って、どこで葬式があるのか聞いてみると、

「九州で災害があるんだよ。亡くなる人の名簿を見せてもらったら、若い人もいてさぁ。若い人が亡くなると親は泣いてかわいそうなんだよねぇ。だから葬式を手伝いに行こうと思ってね」と母。

「へぇ、でもさぁ、九州に親戚もいないし、九州に災害なんて起きてないよ。それはお母さんの妄想だわ。現実じゃないよ！」

私の言葉に母は「お前も危ないよ！」と一言言って口をつぐんだ。もしかして私の名前もその名簿に出ていたのだろうか？

ところがだ、二日後に九州に地震が起きて、幾人かの人が亡くなったという悲しいニュースが流れた。そして私はその日にインフルエンザを発症し、四日間高熱を出していつになく苦しんだ。（母の言う通り、私はこのまま死ぬのかもしれない……）と頭をよぎったものの、死ななかった！

後日母は、

「ね、九州に災害が起きたでしょ！　私は本当に知っていたんだよ！」と、わかってくれと言わんばかりに訴えてきた。

「でもさぁ、私は生きているし！」と言い返しながら、（そういえば母は、私が危ないとは言ったものの、死ぬとは言ってなかったなぁ……）と気付いた。

その時の私は、（そんな偶然ってあるのか……）と不思議に思いながらも、

「まぁ、そんな偶然の一致もあるさぁ〜」と母に言って、自分にも納得させた。

もう一つ、父が怖がっていた母の行動がある。母のベッドの横に布団を敷いて父が寝入っていると、母がベッドから父の顔を覗き込んでいる時が度々あったそうだ。夜中に目を覚ますと、薄暗い中で母がジーっと見ているので、ギョッとするそうだ。これは、父が死んでしまうとずっと心配していた母の行動の表れである。父が息をしているか確かめていたようだ。寝不足を訴える父には隣の部屋で寝るようにしてもらい、週に一泊必ずショートステイを頼むようにして、父が安心して寝られる日を作った。

突然の父の死

母の入院騒動から半年後、母が退院してから三か月も経たないうちに突然父が亡くなった。亡くなっていたのを母が発見して、朝の四時に私に電話してきた。正に母の言った通りになったのだ。

その日からバタバタと慌ただしかったが、助かったことに、その瞬間から母はシャキッとし、元の上品で聡明な母に戻ったのだ。車いすではあったが、葬儀の段取りなど無知な私や兄にあれこれと的確な指示を出していた。母は葬儀に来てくださった方々一人一人に声をかけ、その方と生前の父との関りを話しては丁寧に礼を述べ感謝していた。これには随分助けられた。私も兄も親戚以外は知らない人達ばかりだし、たくさんの方々が来て下さったので。聡明な母に戻ってくれなければ、無事に通夜葬儀・四十九日はできなかったと思う。母も父の葬儀ができてホッとしたのではないだろうか。元々七つ年下の母に見送られるのが父の願いでもあったので、父もホッとして旅立ったことであろう。

それにしても母の言った通り、父はあっけなく天国に行ってしまった。父が直《じき》に死んでしまうと言い続けていた母は、まるで預言者のようだとちょっとだけ思った。

その日から、父の代わりに母の面倒を見るために、平日は私が実家に泊まり込み、兄が新幹線で金曜（仕事後の夜）～日曜夕方と母と過ごすために通った。とにかく歩行困難な母を実家に一人きりにするのは危険だし、近所の方々も心配するのではないかと思い、一人にしないように努めた。

頑張りながらもやはり父の死は、私の心を打ちのめした。もっともっと両親の生活を手伝うべきだったのかもしれない。夜を父一人に任せないで、実家に泊まり込んでいれば良かった。母のことに一所懸命になりすぎていた私は、父の調子がそんなに悪いとは気付けなかった。自責の念が大きすぎて、生きていることさえ苦しい……。

毎晩母が寝入ると、私は別室にある真新しい仏壇に向かい「お父さん、ごめん、ごめん」と心の中で叫びながらむせび泣いていた。

「私ももう苦しいからいつ死んでもいい……、だけど、お母さんの残り少ない余生を楽しませてあげなきゃいけないし、私と兄で母の最期を看取らなければいけないいんだよね？　お父さん……」

私は母の介護ベッド横の畳の上に、布団を敷いて寝ていた。夜中に何度も立ち上がっては母の息を確かめる。物音がすると母が出て行くのかもとハッとして飛び起きるが、ただの風の音だったりする。年老いた父には、さぞ大変なことだっただろう。やってみて初めてわかることだった。

ある夜、寝ていると「おい、おい」と父が私を呼ぶ声がする。起きて前をみると、何もない真っ暗な空間に、真っ白に光輝く豪華なソファーがあり、父がふんぞり返って座っている。家庭菜園や庭仕事にいつも着ていた洗濯を繰り返されたようなグレー色の作業着は、真っ白に光り輝くゴージャスな物になっている。いや、父自身が蛍光灯のように光を放っているかのようで眩しい。何よりも驚いたのは、父が二十歳代半ばくらいの筋肉隆々でピチピチ弾けそうな姿に若返っていたことだ。

「おい、スマホの使い方教えてくれ！」と言う父。

「お父さんはスマホだったけど、私はまだ普通の携帯だからわかんないよ。私じゃなくて子供たちに聞きに行ってよ」と私が言葉を返すと、

「天国の仲間の中でスマホが使えるのは、〇〇と俺だけなんだ！」と得意満面で「ワッハッハー」と高らかに笑った。

「良かったじゃん。それにしてもお父さん、なんでそんなにピチピチに若返ってピカピカ輝いてんのよー？」と、父の若々しい筋肉質な腕を触ろうとした瞬間に、パッと父が消えた。暗闇に白いソファーが輝いているだけだ。

目が覚めてから、あまりにもリアルな夢に動転した。

（あー、なんで触れようとしちゃったんだろうか……、触ろうとしなければ、もっとお父さんと話せたかもしれないのに……、ああ……）悔やまれた。

「お父さんの夢見たよ。て言うか、夢枕に立つってやつかも……。お父さんね、天国の仲間のところに行って楽しいらしいよ」と母に言うと

「そうかい。そりゃあ、良かった。私にはまだ何も言ってこないよ。お前に元気出せと伝えたかったんじゃないの？」と、私の夢枕の話を疑いもせずにすんなり受け入れていた。母の前では元気いっぱいに笑顔で振舞っていた私の心の内を、母はわかっていたのだろうか。

　この夢は、私が立ち直るために大いに役立った。人に話したら

「苦しみから逃れるために脳が創作した夢だね」と言われたが、それならそれでいい。自分の脳に感謝だ。ただ、私にはリアルすぎて本当にあったことのように感じている。父が私を立ち直らせるために、必死に出てきてくれたのではないだろうか。

　お父さん、ありがとうね。

母との生活

父が亡くなってから、夜は泊まり込みで、父が担っていた買い物や洗濯などの家事もしなくてはならず、私の介護の負担が増えた。私は心身疲れ果て鬱っぽくなっていたので、土日に関東から新幹線で通っていた兄が、会社の人事異動で県内の姉妹会社に転勤してきてくれた。土日に北陸の実家まで通い続ける兄を上司が心配して、その異動を兄に勧めてくれたらしい。兄のアパートは他市だが実家から車で三十分ほどの所にあり、実家から反対方向に車で三十分の所に私の自宅がある。兄と私の住まいの真ん中に丁度実家がある形だ。

この転勤時点で、兄は大好きな化学研究者の道を捨て、姉妹会社の文章作成の事務職員となったそうだ。そのことに兄は愚痴一つ言わなかったが、人生の虚しさが襲っているかのような様子がうかがえた。きっと妹だから気付くのだろう。兄の諦めが可哀想ではあったが、私一人で母の介護を乗りきるにはストレスが大きく、兄が来てくれたことで心身共に助かった。

ここでちょっと兄について触れておくと、兄は私より四才年上で独身。大手化学会社の化学研究者として当時は関東に勤務。物静かで優しく、愚痴や人をとがめるような言葉は一切聞いたことがない。休みの日は、ジャンルの違う本三冊をローテーションしながら読んで過ごすような完全なインドア派。自分自身のことや思っていることをほとんど話さないので、正直それ以上のことはよくわからない。

ちょっと普通の人と違うのは、なぜか両親や妹の私、姪っ子達にまでも敬語で話す。こちらは気安く普通に話すのだが、いつも丁寧な言葉で返してくる。

車いす生活だが父の死から頭がまぁまぁ正気になっている母を、会いたい人に会わせ行きたい所に連れて行き、できるだけ楽しませてから天国に送ってあげようと兄と相談した。

最初に実行したのは、母を母の妹に会わせる旅行。兄の運転で、私と三女の詩乃歌が介護補助で水上温泉に連れて行き、埼玉の妹夫婦に再会させる旅である。道中は想像以上に大変だった。頻尿な母が「トイレ」と言う度にサービスエリアに車を停め、トランクから折り畳みの車いすを出して広げ、二人がかりで抱きかかえて車いすに座らせる。

障害者トイレでも娘と二人がかりで抱きかかえてトイレに座らせる。そして戻って母を車に乗せ、車いすを畳んで持ち上げトランクに。車いすが結構重くて持ち上げるのがしんどいが、これを何度も繰り返さなければならなかった。

温泉に着くと母が「絶対に温泉に入る！」と言い張るので、詩乃歌と一緒に汗だくになってヒノキの貸切風呂に母を入れてあげた。正直（面倒くさいなぁー）と当時は思っていたが、あそこで我慢させていたら今頃は後悔していたに違いない。

夜、母と叔母は布団を並べて話していたらしいが、母はいつの間にか寝てしまったそうだ。でも、叔母には「姉を温泉に連れて来てくれてありがとう」と随分感謝された。

お正月は私の家族と兄とで、県内の温泉旅館に連れて行った。父の喪中だが、母の頭がクリアな時間がいつまで続くかわからないので実行した。きっと父も「母を楽しませて欲しい」と願っているはずだと思って。

食事の席で、最初に母は改まって立派な挨拶をした。父のことや自分のことのお礼などを言いながら、深々と頭を下げた。目からは一筋の涙が流れていた。母は、皆で会食するのはこれが最後だと思っていたのかな……と、書きながら今頃気付く。

母の近所の友達や親戚など、しょっちゅうお茶のみに呼んだ。

（母はどちらかと言えば大人しい方なのに、古くからの友達が多いなぁ……）と驚いた。声をかけると皆さん喜んで来て下さり、お喋りに花が咲き、大きな笑い声が家中に響いていた。母の喜ぶ顔は、私も嬉しく励みになったので、お茶菓子を用意して歓迎した。

また、おしゃれな母のために毎月美容室に連れて行き髪を染めてもらった。髪が白くなってくると「こんな髪嫌だなぁ……」と悲しそうな表情を見せるからだ。病院に入院している時も、院内の美容室に車いすで連れて行き、髪を染めたり、パーマをかけてもらったりした。デイサービスには高いシャンプーやトリートメントを持たせて、母の入浴時に使ってもらった。

服は母の好きな明るい花柄などを沢山買ってきて、取っ替え引っ替え着せて、母の気分が少しでも明るくなるように努めた。介護生活スタートの頃、父に言われた言葉を思い出す。

「お母さんはもう八十才間近の老人なんだから、花柄とかピンクとか着せないでくれ。老人らしい茶色とか灰色がいいんじゃないか？」と。デイリービスの送迎バスに乗るには、近所の目もあり派手過ぎると思ったようだが、私は父の助言を聞き入れなかった。

母は昔から「お父さんは地味な色ばかり勧めて、好きな色の服が着られない」とぼやいていたからだ。残り少ない人生を好きな服を着せてあげたいと思った。施設のバスの乗降は、どうしたって近所の方々は見ているのだから隠しようがない。

母は、週に二回デイサービスに通って、ショートステイに一泊していた。当初施設に出かける時は自分で綺麗に化粧をしていったのだが、デイサービスは着くとすぐにお風呂に入るそうで化粧は数日で諦めたようだ。

デイサービスから帰ってきた母の話は、なかなか面白い。

「デイサービスで友達に会ったからさぁ、話しかけたのよ。そしたら、『どちらさんですか?』と聞かれちゃった。すっかり忘れられたみたい」とか。

「デイサービスに来ている女性は、二つのグループに分かれてテーブルに着くんだよ。一つは農家や商家の奥さんグループ、もう一つはサラリーマンの奥さんグループ。この分け方が一番問題なく仲良くまとまるらしいよ。だから、植木さん（農家）とは別グループで話す機会はないんだよ」と言う。真相はわからないが、それを聞いて「なるほど、その分け方わかるかもなぁ」と思った。

いくつかのチームに分かれて競い合うゲーム大会や、運動会などの詳細を話してくれて二人でよく笑った。デイサービスは、歌ったり、さまざまなゲームをしたり、お誕生会やクリスマス会をしたり、昼寝をしたりする。家族も一緒にスイーツ食べ放題とか文化祭なんてものもあった。連絡帳には今日どのように過ごしたかなどが書いてあり、まるで保育園のようなもので、高齢になると子供に押し戻されるのかと不思議に感じた。老人に幼児に対するような話し方をする介護士さんがいるが、私は見ていてちょっと解せない思いがする。ボケていようがなんであろうが、やはりちゃんとした大人への話し方であって欲しい。そう思うのは、私だけだろうか?

別施設のショートステイでは、当初ボケが少なかった母は認知症ではない人達のユニットで、三人の友達ができて会うのを楽しみに行っていた。私もそこによく顔を出していたので、その三人とはよく話をした。足腰は不自由だが聡明な方々で、会うのを楽しみにしている母の気持ちが理解できた。

母は私に事細かに報告することが楽しかったようだ。デイサービスやショートステイに行きたがらない人も多いと聞くので、喜んで行ってくれて、さらに楽しく報告してくれて助かった。今にして思えば、「私や兄の負担を少しでも軽減してあげたい」と思う母は、デイサービスやショートステイは必ず行こうと決めていたようだ。楽しそうに報告してくれたのは、母の思いやりだったに違いない。これも書きながら今頃気付かされたことである。

川柳も二人で考え、「あーだ、こーだ」と議論しながらたくさん作った。

今思い返すと、次の入院までのこの短期間が、私自身一番楽しかったように思う。介護期間中の一番の良き思い出である。なぜなら、子供の頃のように母の傍らにいて、二人で話す時間が久々にたっぷりあったからかもしれない。当時、その楽しさに気付いていないのが、なんとも残念である。

〈不思議すぎる予知のボケ〉

足腰が悪い以外は普通に思えるのだが、それでも時折、母の不思議なボケは舞い降りてきた。

母とテレビを見ていたら、テレビに出ている芸能人を指さして母は、

「この人、死んじゃったよ」というので、「そんなことないよ。生きているよ。テレビに出てるじゃん！」と私が呆れるように言ったら、

「だって、見てきたもん」と母は言い張った。後日、母の言う通りとなった。母が「どこかわからないんだけど、工場が次々と爆発するよ」と言い、数日後に某国の工場地帯が次々と爆発するニュース映像が流れた。


さらに私の意識を変えた決定打があった。

母と庭が見える居間でお茶を飲んでいたら、母が庭を指さして突然大声を出した。

「猫！　猫！　猫！　あっ、金魚をくわえて行っちゃった！」

庭には池があり、二匹の金魚がいる。金魚と言っても、もう十年くらい生きていて、体長も十五センチほどある。父が可愛がっていたので、亡くなってからは私や兄が餌をやって気にかけていた。その金魚たちを、近所のグレーの猫が狙って度々来ていたので、父は池に網をかけて猫から金魚を守っていた。

母は、その猫が金魚を一匹くわえて逃げて行ったのを見たと言って大騒ぎ。私は、庭に確かめに出た。池の中では二匹がいつもと変わらず仲良さそうに泳いでいた。池にはちゃんと網がかかっている。猫の気配もない。

「ちゃんと金魚は二匹いたよ。猫が狙っていても、今まで十年間も金魚を捕ることができなかったんだからさ、きっとあの網があるから大丈夫なんだよ」と母に報告したが、母は何か腑に落ちない様子で、言葉を返さなかった。

それから居間に戻って食べかけのお菓子とお茶を再開。五分くらいしてから、なんとなく庭に目がいき、グレー猫が走り去って行く後ろ姿を見た。「あれっ？」と思い、再度庭に出て池を覗いてみた。金魚が一匹しかいない……。先ほどと違い、防御用の網がめくれている。見てはいないが、どうやら一匹猫に捕っていかれたようだ。狐につままれたような不思議な思いで母に報告すると、

「だから、さっき猫がくわえて行ったと言ったじゃないの！」と信じない私を責め立てる。

（う……、おかしい……。こんなことありえない……、何が起きているのだろうか？）

母は、金魚が猫に持って行かれる五分前に、猫が金魚をくわえて逃げて行く姿を見ている。母が言ったことが、五分の時間差で現実となった。「母には五分先の未来の情景が見えていた」と考えるしかない。そんなことがあり得るのか。母の意識は時空を超えちゃったのか。母の身に何か不思議なことが起きているのではないか……。

グレー猫が一番恐れていたのは、強面の父だったに違いない。父は猫が好きではなく、

猫を見かけると「シッシッ」と追いやっていた。賢い猫はこの家に天敵の父がいなくなったことを感じ取り、網をめくって金魚を捕ることを決行したのだろう。

実は、このエピソードが今でも一番不思議で、本に書いて残そうと思ったきっかけの一つである。当時この話は人には話さなかった。私の頭がどうかしたと思われるか、嘘だと思われるに違いないと察したからである。

この頃もう一つ、別の意味で理解し難いことがあった。

朝起きて布団を畳んでいると、母が私の斜め後ろを指さして言った。

「ねぇ、そこに立っている子供というか、ちょっと人間離れしたような子は誰だい？　あー、もしかしたら私にしか見えないのかもね、いいや、いいや、何でもない」

私は背筋がゾクゾクっとした。

昨夜、母が寝てからテレビを見ていた。母は毎夜七〜八時には寝てしまうので、起こさないように別の部屋で見ていた。前夜見たのは、古代の王様の墓の周りに子供くらいの大きさの埴輪のようなものが置いてあり、王を守るために家来を置いたという解説が流れていた。私はちょっと疑問に思って、心の中でつっこみを入れた。

「人間にしては頭がデカいし、目が大きすぎて顔の作りもなんか変。これ、宇宙人とか、妖精とか、妖怪とか、なんか別の物を作ったんじゃないのかしら?」なんて。もちろん口に出して言ったわけではないので、母に伝わるはずがない。それなのに母の言葉が、その埴輪と繋がるような気がして寒気がしたのだ。しかも「私にしか見えないのかも……」なんて不思議なことを正気の目で言っていた。その時の私は怖すぎて「うん、私には見えない……」とだけ答え、容姿とか動きとか、詳しく聞くことができなかった。怖がらずに聞いておけばよかったと後悔している。

その後「これは私にしか見えないのね」とか、「お前には見えないだろうけど……」と言うことは度々あったが、それらも怖くて追及しなかったり、聞こえないふりをしたりした。今となっては、聞いておけばもっと詳しく書けたのに……とちょっと残念である。

この頃から母のさまざまな言動を、「認知症」という言葉で括っていいのか疑問を持つようになった。脳の機能低下による病気だけとは思えなくなってきたからだ。もしかしたら、人間自身が知らない「人間のまだ解明されていない能力」もしくは「人間が感知できない次元」があり、母は時空を超えて行き来しているのではないかとうっすらと考えるようになったからである。

二度目の入院

朝、母が激しい腰の痛みに悶絶しだした。その日一緒に泊まり込んでいた長女の陽織が痛み止めを飲ませたが、激痛は治まらないらしい。私が「今日はデイサービスを休んで、一日寝ていようよ」と母に言うと、母が「頼むから病院に連れて行って……」と声を絞り出した。

私は病院に連れて行きたくなかった。もし連れて行ったら、この痛がる状況では入院になるのは間違いない。そしたら、また母は「せん妄」になり、そのまま本当の「認知症」になってしまうような気がした。せっかく家で過ごして、せん妄も大分よくなってきたというのに……。ちょっと大変だけど、このまま母との親子水入らずの楽しい生活を続けていきたい。もし入院してしまったら、もう母との生活は終わってしまい二度とないかもしれない。そう想像しただけで気分はブルーになっていった。

病院でレントゲンを撮ってもらうと、骨粗鬆症の影響か背骨を七か所も圧迫骨折しているそうだ。母の妹も、骨粗鬆症に苦しんでいるし、母の母親も骨粗鬆症に苦しんだ晩年だった。どうやら、骨粗鬆症は遺伝するらしい。（私の骨はどうなるだろうか……）と、ふと心配になる。

やはり母はそのまま入院となってしまった。落ち込んでいる私に代わり、長女が全ての手続きをしてくれたので助かったが、今回の入院は頼りにしてきた父がいないので、なんとなく心細い。

予想通り、日を追って母のせん妄は進んでいった。強い痛み止めや精神安定剤も服用されているので仕方ない。薬を換えてもらって、せん妄を何とか元に戻そうという努力もしなくなってしまった。痛みを緩和するためには、もう仕方ないという諦めもあった。

再入院中の二～三か月間の、心に残っている「せん妄」（もしくはボケ）をいくつか書いていく。ボケとは不思議なもので、ひどいボケボケの日もあれば、そんなでもない日もあることを前もって知っておいてほしい。

〈夜のお出かけシリーズ〉

「昨日の夜ね、みんなで道を作っているから、お父さんと手伝いに行ってね、その後で宴会したのよ。久しぶりに賑やかだったわ」と母が楽しそうに言った。

「それねぇ、夢だよ。だってお母さん入院してるんだもん」

「えーっ、夢なの？　現実としか思えないんだけど……、本当に行ってきたとしか思えないなぁ……、不思議だな……、どう考えても現実だけど……」と、かなり戸惑っていた。

父は若い時から職場の同僚や部下をよく連れて帰ってきた。私が幼い頃も、毎晩のように誰かを連れて帰ってきて、その度に母は大急ぎで酒の肴を次々と作り、もてなしていた。私も保育園の年中くらいからよく手伝ったものだ。母は料理が得意だったので、嫌な顔一つしないで腕を振るっていた。盆やお正月は、三十人くらいの部下達を呼んで宴会をよくしていた。今思うと、父は若くて上品で綺麗で料理上手な母を、皆さんにさり気なく見せたかったのかもしれない。

幻想の中、久々の宴会で、母は腕を振るって楽しかったのだろう。そんな記憶をたどりながら、私も懐かしく母の話を聞いていた。

「夜中にね、仲間たちが来て、『蛍を見に行くよ～』って言うの。だから、一緒に行ってきたぁ。きれいだったよ」と母。

「良かったねー」と、だんだん私も肯定してあげるようになっていった。母にとっては、絶対的な真実らしいから。起きられない母にとっては、楽しくて素敵な現実であり、否定しては可哀想に思えたからである。

「夜中にね、仲間たちが『富士山に登るぞー』って迎えに来たからさ、富士山登って来たんだよ～」と嬉しそうな母。

「ほんとうに？　疲れてないの？」と聞くと、

「平気！　きれいな景色だったぁ～」

「良かったね」と心からそう思って言った。こんな状況で富士山の登山を楽しめるなんて、ラッキーとさえ思えてきた。

「インドに行って来たよ。インドのカレーは日本のカレーと全然違うんだねぇ。いろんなカレー食べてみたよ」と言って、いくつかのカレーの話を事細かに説明してくれたが、専門的過ぎて知識のない私はすっかり内容を忘れてしまった。ただ、なんでこんなに詳しくリアルに話せるのかと不思議に感じ、本当に魂だけで行ってきたのでは……と思って聞いていた。

他に「エジプトに行ってきたら、ピラミッドは思っていた以上に大っきくてさぁ〜、びっくりしたよ」と、本当に見てきたかのように描写し、感動を伝えてくる。母の中では見てきたのだ。

十年ほど前だったか、母は「海外旅行に一度も行くことなく、私の人生は終わるよ」と残念そうに嘆いていたことがある。そんな母は、魂だけでも自由に海外旅行に出て楽しんでいたのだろう。

〈兄についての妄想〉

今振り返ると、兄についての妄想が一番多かった。

「和也はね、実は結婚していて、子供も二人いるんだよ。でもね、奥さん朝鮮の人だからお父さんに言えなくて隠しているんだよね」と。この話は何度も繰り返し聞かされた。

父は、兄が結婚しないことを嘆き、長い間兄を責めてきた。それだけではなく、研究好きでそれに没頭している兄に「出世欲がない！」とか、優しく大人しい性格を「男らしくない！」とかひどい言葉を投げかけてきた。黙って言い返そうとしない兄に代わって、私が言い返したことも何度かある。そんな兄を見ていて、さぞ母は辛かっただろう。

そのため兄は就職してから母が倒れるまで三十五年間、盆か正月くらいしか帰省しなかった。帰るたびに父に嫌味を言われるのだから、兄も帰りたくはないだろう。それでも「一年に一度くらいは帰ってくるように」と毎回手紙を送る母のために、盆暮れどちらかには毎年必ず顔を見せに来ていた。

母は、兄が結婚しないで父に責め立てられることをずうっと切ながっていた。そんな母のやるせなさが、兄が結婚しているという妄想をさせたのかも……。

それとも、パラレルワールドがあって、そちら側では兄は結婚していて、それを母の魂が見に行っているのかもしれない。どうしてそう思ったかというと、いつも一貫して相手は朝鮮の人であり、父に隠している存在であり、子供は必ず二人。話にズレが全くないのだ。

もう一つ、兄のことで思い出したことがある。母のベッド脇の窓から、急患を運んでくるドクターヘリのヘリポートが見える。実際には、まだ一度も使われたことがないと看護師さんが言っていた。

ある日、母を見舞うと開口一番に母が言った。

「こないだ和也がヘリコプターで見舞いに来てくれたんだ。私、ヘリコプターから降りて来るのをこの窓からずっと見てたんだよ。和也は随分偉い身分なんだねぇ。部下を従えて颯爽と出てきたんだよ」

「普通の会社員かと思っていたのにねぇ」と苦笑いの私。

パラレルワールドの兄は、ヘリコプターをチャーターして部下を伴ってくるような首相か大臣のような地位に就いている存在らしい。

他に、「和也にはいつも二人の人がついて歩いているんだよ。お前には見えないだろうけど」と母がよく言っていた。女性と男性で普通の人には見えない不思議な存在らしい。

「女の人は私の世話もしてくれるので助かるよ」と言っていた。いったい誰なのか……。

これも一貫して言っていたので、母には本当に見えていたのだろう。これはなんとなく怖くて、それ以上追及して聞けなかった。これも書くとわかっていたら、詳細を聞いておいたのだが。

兄に関しての幻想は、その都度兄に報告していた。兄の反応はいつも「へぇー、そうですか」のみである。全く興味がないらしい。

（兄のために追記しておくが、兄はそれなりの役職に就いており、見合いをすると結構相手方に気に入られていた。化学研究と本が好き過ぎて結婚に興味がなかったのだろう）

（父のためにも追記しておくが、父は兄を愛すればこそ心配していたのだと思う。これも後々兄が倒れた時に私はようやく気付く）

〈猿の親子〉

次に多かった幻想は、猿の親子である。長女の陽織も一番印象に残っているそうだ。
母の預言が時折当たることがあり、母に
「そんなこといったい誰に聞いたの？」と尋ねると、
「猿の親子だよ」とよく答えていた。

母が言うには、猿の親子は「神の使い」なんだとか。災害とかの知らせごとが紙に書いてあり、毎晩のように山から母の元に持ってくるそうだ。

「その知らせる紙は、いったい誰が書いているの？」と聞いたら、

「神様だよー」と、当たり前だといわんばかりの返答。母の預言的な言動が当たることが多いので、私は、（もしかしたら本当に猿の親子が来ているのかも……）と、ちょっと思ったりしていた。

余談だが、後々母が亡くなってから御朱印をもらいにお寺巡りをした時、お寺に猿の親子がピッタリ寄り添っている土鈴が売っていて、思わず買ってしまった。由来を聞くと、観音様か和尚さんだったたか（？）が可愛がっていた猿の親子なのだとか……。結構なお値段だったが、買わずにはいられなかった。

〈身体の中に木が生える〉

母が、私や娘達・ケアマネージャーさんによく相談していた幻想がある。

「あのね、ここにね（右側の下腹辺り）、木の種があったんだけど、それがだんだん成長してきたのよ。困ったわぁ。どうしよう。どんどん痛くなっていくから、早く取って

もらいたいんだけど……」と、真剣に悩んでいるように訴える。この話の時は必ず、まるで幼稚園児が喋っているように可愛らしく話すので、その場にいる人達は皆笑顔になってしまう。ケアマネージャーさんも
「あらぁ〜、それはたいへんですねぇ〜、今度お医者さんに相談してみましょうね」と上手に受け答えして下さっていた。

〈ちょっと怖かった妄想〉

母が腎盂炎になり、高熱と血尿が出て病院から電話で呼ばれて飛んで行った時のこと、母は意外と元気そうに語った。

「お前が来たら話そうと思って待っていたんだよ。私ね。赤いおしっこが出て、みんな騒いでいるんだけど、どうしてなのかわかっているのよ」と。

尿管を入れているので尿路感染したのか、看護師さんが管を入れる際に傷つけたのだろうと思っていたが、母の話は意外なものだった。ベッド脇で点滴の取り換え作業中の看護師さんが耳をダンボにして聞いているだろうと思ったので、いったい何を話し出すのかとひやひやしていた。

「私の背中に赤い服を着た女の人が負ぶさっているのよ。どんなことをしても離れないんだわぁ。私ずっとおんぶしているから、赤いおしっこが出るのよ。この赤い服の女がいなくなれば、普通のおしっこに戻ると思うんだ！」

「なるほど……、そうだったんだねぇ……」と言いつつ、表情一つ変えず無言で出ていく看護師さんに対して、恥ずかしく感じていた。

（赤い服の女は疫病神なのか……？　貧乏神なのか……？　やれやれ……）とりあえず、抗生剤と解熱剤を投与しているし、頭はともかく熱は下がってきたそうなので安心して帰った。


〈もう一人の私〉

母を見舞いに行くと、これは絶対に私に話さなきゃいけないと待っていたという。

「昨夜ね、私が私を訪ねてきたんだよ。私なんだよ」

「へぇ～、面白いね。そのもう一人のお母さんは何か言っていたの？」と私が興味を持つと、

「いいや、黙ってお互いに見つめ合っていただけ。しばらくしたら去って行っちゃっ

た」

「そうなんだぁ……」と答えながら、頭の中ではあることを考えていた。

もう一人の自分を見ることを「ドッペルゲンガー」と言うと、以前どこかで聞いたか読んだことがある。芥川龍之介やシェイクスピアなどが、亡くなる前に自分自身を見ているという話だった。つまり、ドッペルゲンガーを見た人は、死が近いらしい……。

（きっと母はもう長くないのかもなぁ……）と、ちょっと覚悟を決めたボケの一つだった。

〈看護師長から聞いた母のせん妄〉

＊夜中に化粧品ポーチに入っていた小さなはさみを出して、点滴の管をちょん切って大騒ぎとなった。

＊夜中にパンツを脱いで、ベッドの上でゆっくりとパンツを洗っている動作をしていた。

＊夜中にベッドから這いずり出ていく。

＊廊下をのそのそ歩き回っている。

夜中の失態はまだまだ沢山ある。聞かされる度にひたすら謝っていた。

どうやら、夜中になると夢遊病者のように人が変わるようだ。寝る前に服用していた精神安定剤と痛み止めとの作用によるせん妄ではないかと思うものの、もう薬を検討してくれたあの優しい研修医さんはいなくなっていたので、訴えても聞いてくれる人はいなかった。私も薬だけのせいにする自信もなく、迷惑をかけている負い目から意見が言いにくくなり、諦めてしまった。そんな中でせん妄はどんどん進んでいき、とうとう、ナースステーションの奥にあるガラス張りで丸見えの個室に移され、看護師さん達の監視付き状態となった。母に面会に行くには、ナースステーションに入って通過して奥まで行かなくてはならず、見舞いに行きにくくなってしまった。正直かなり恥ずかしかったが、それでも父の代わりと思い奮起して毎日通った。兄も淡々と見舞いに行っていたようだが、恥ずかしくなかったのかしら？　兄の口から全てにおいて愚痴を聞いたことが一度もない。

二度目の退院

足腰の激痛は飲み薬で多少緩和できているし、骨粗鬆症の注射は家族やショートステイの看護師がするということで退院してきた。

平日は特別養護老人ホームの施設にショートステイさせた。兄が金曜日の会社勤務後に施設に母を迎えに行って、日曜日夕方に送り届ける生活となった。施設は病院の隣にあり、兄のアパートから二十分、そこから実家まで二十分くらいだろうか。

金曜日会社を定時に退社して、施設で食事を終えた母を車で迎えに行き、コンビニによって自分の夕飯のお弁当と二人の翌日の朝食などを買って実家に行く。兄は独身なので一人で母の面倒を見ながら、土日を実家で二人で過ごす。日曜日の施設の夕飯までには母を送り届け、隣市の自分のアパートに戻っていくという生活。

土曜日、実家で母と過ごす兄はケアマネージャーと打ち合わせをしたり、母を毛染めのため美容室に送迎したりする。母が亡くなってから知ったのだが、昼は母が行きたいというあちこちのレストランに車いすで連れて行き、一緒にランチを食べていたそうだ。もちろん母は数口程度しか食べられなかったようだが、母にとっては兄との幸せな時間だったのではないだろうか。やっと兄とゆっくり過ごせたのだから。兄はそんな生活が二年ほど続いた。

母は、いつも兄が迎えに来るのを楽しみに待っていた。

「今日お兄さんが来る日ですよ」と介護士さんに言われると、帽子をかぶって車いすに座わらせてもらい、昼ごろからずっと待っている。そして私に何度も電話してくる。

「和也まだ来ないんだよ！　いったい何してるんだろうねぇ？」と。

「まだまだ、今仕事だから夜まで待って」と言うと、

「わかったよ」と電話を切るのに、しばらくするとまた電話がかかってくる。

だんだん、介護士さんが言わなくても、ふっと関係ない日に帰る支度をして待っているようになり、

「『今日は、お兄さん来ませんよ』と言っても、なかなか諦めてくれなくて困りました」という話を、介護士さんから何度も聞いた。

兄は母に対して本当に心の底から優しかった。母がイライラして兄に文句を言ったり怒鳴ったりしても

「ああ、そうですか。わかりましたよ」といつも敬語で穏やかに話し、一切言い返したり、邪険にしたりしないで、丁寧に介護していた。

母はよだれがダラダラ出続けて止まらない時期があった。その量も尋常ではなく手にポタポタ垂れるし、首にもダラダラ流れていく。家にいた時、私は冷たい濡れティッ

シュで顔を無造作に拭いていたら、兄が二つのバケツに温かいお湯とタオルを持ってきて、母の顔や首を丁寧にそうっと拭いてあげ、手を洗ってあげていた。赤ちゃんのよだれと違ってあまり気持ちのいいものではない。とても真似できないと思った。兄は心底優しい人間である。最初は世話一つできなくて突っ立っていただけだったが、いつの間にか介護のプロのようになっていた。

私のほうは、平日に施設にせっせと通った。入所ではなくショートステイなので、病院などは家族が連れて行かなくてはならない。目ヤニが出れば「眼科に連れて行って下さい」、微熱が出れば「すぐに来て内科に連れて行ってください」、時には夕方に「転んでケガをしたので、すぐ緊急外来で見てもらって下さい」と施設から所かまわず携帯に電話がかかってくる。関西の夫の実家に行っている時に「頭をぶつけたのですぐ来て下さい。来られないなら、親戚や近所の人誰でもいいですから寄越して下さい！　そういう約束のステイですよ！」と言われた時には心底参った。普通夕飯時の忙しい時間帯に、近所の人にそんなことを頼むだろうか？　仕事終わりの詩乃歌にタクシーで行ってもらったが、一時間もかかったため母はすでに治療済みで施設の自分のベッドでスヤスヤ寝ていたそうだ。傷はかすり傷だったとか。そのあと駆けつけた兄からタクシー代をもらったそうだ。

自宅から施設まで車で四十分はかかる。こちらも用事があったり、体調が悪い時もあったりする。今施設に行って帰って来たところに電話がくるなんてこともしょっちゅう。そういう規則なのだから施設の方が悪いわけではないことはわかっているものの、機嫌よく電話に出られないことも多かった。

この頃から私は電話恐怖症になった。家電話・携帯電話にかかわらず、電話がかかってくるとドキッとして、電話に出るのをためらってしまう。電話恐怖症は今でも治らず続いていて、電話は苦手である。

施設のショートステイと兄との実家生活で、病院に入院している時よりは、ボケは少し軽減した。

施設の部屋は個室で、部屋を出ると大きなラウンジがある。ラウンジを囲む形でいくつかの個室がありユニット型になっている。ラウンジではみなさんが出てきて食事をしたり、おやつをとったり、体操したり、くつろいでいる。

母のご機嫌伺いに普段は母の好きなあんこのお菓子（お饅頭・どら焼き・羊羹など）を持ってよく会いに行った。まるで子供のようにニコニコ嬉しそうに食べるので、見ている私も思わず笑みがこぼれてしまう。育ててくれた母ではあるが、自分の幼子を見守るような感覚に、いつの間にかなっていた。

甘いお菓子を数日分置いてくると、仲良しのお友達にこっそりあげてしまうそうで、施設に呼ばれて注意された。お菓子を好き放題食べていい母と違って、基礎疾患があって食事制限のある人にもあげてしまう。母が言うには、そういう人ほど欲しがるそうだ。母にいくら注意してもダメで、介護士さんにお菓子は預ける事となり、時々渡してもらうことになった。個人的には余生が限られているのなら、好きなお菓子ぐらいは食べさせてあげたいと思うのだが、責任もって預かっている方はたまったもんじゃないよね。

お菓子をあげてしまうほど仲良しなおばあさんが、私にこっそり教えてくれた言葉が忘れられない。

「今一番悲しいのは、娘に何もしてあげられないことだと言って何度か泣いていたよ」と。こんな状況でも母は私に何かしてあげたいと思っているのか……。

ある日、次女の百合乃を連れて行き、機嫌の良かった母と一緒にお菓子を食べてお茶をした。

「来年結婚するよ」と百合乃が報告すると、

「知ってるよー！　身体ががっしりしている人だよね」と全く驚かない母。まんざら外れてない。

「おばあちゃん、会った事ないじゃん。写真さえ見たことないでしょ！」と突っ込むと、

「わかるよ〜、おばあちゃんは、ちゃんと見てきたんだから！」と得意げにほほ笑んだ。

当初から母の不思議現象を一緒に見てきたので、百合乃も私と同様に心の中で（本当に見てきたのかもなぁ……）と思っていたのではないだろうか。

乙女に戻った母の恋

父が亡くなった後、ボケている時の母は可愛らしい乙女に戻り、次々と恋をした。その対象は病院でリハビリを担当してくれた理学療法士だったり、男性看護師だったり、介護施設のお兄さんだったり、ざっと五〜六人は思い浮かぶ。全員二十〜三十代と若く

てイケメンばかりだ。母がこんなに惚れっぽくてイケメン好きとは知らなかった。私と三人の娘達にとって、一番忘れられない母の「ほのぼのボケ」である。

母に会いに病院へ行くと、

「あのね、結婚しようと思うの。その人、私のことが好きなんだわぁ。うふふ。相手の態度を見ていればわかるのよ。ねぇ、結婚していいよね？」と乙女のようにはにかんだ表情で言うではないか。

「へぇー、いいよ。今度会わせてね」と私。

この仰天会話が、母の恋の始まりだった。不意打ちの告白だったので、この最初の相手はいったい誰なのかはわかっていない。

施設に移ってから好きになった介護士三人は、やはり若くて私が見ても容姿は結構い い。最初の人は、いかにも今時の若い男子。ちょっとだけチャラそうなのが素敵で、高校のクラスにいたら絶対にモテそうなタイプだ。ジャニーズにいそうなタイプと言ったらわかりやすいかな。彼は母の熱愛の眼差しや態度が煩わしそうだが、私が見ている前では優しく対応してくれていた。でも、心の中では嫌だと思っているであろうことを、私はひしひしと感じ取っていた。なのに、当の本人の母は全く感じ取らない。むしろ自分は愛されていると思い込んでいるから厄介。

母が恋した男性達は、しばらくするといつの間にか辞めていなくなっていた。もしかしたら母のせいではないかと、ちょっと申し訳なく思ってしまう。だが、母は過去を振り返らずに次々と新しい恋をしていく。ボケ中の乙女は、なんて前向きなのだろうか。

最後、寝たきり状態になってもずうっと好きでいたのは、三十歳くらいのバスケットボール選手のような長身のイケメン男性介護士さん。だが残念ながら(?)家庭を持っているそうだ。この男性は根がとても優しく母に限らず皆さんに親切に接するのだが、母は自分を愛しているから自分だけ特別によくしてくれると思っていたようだ。周りの介護士さん達も、この方とのツーショット写真を部屋に飾ってくれていた。母の熱愛は、誰が見てもすぐわかるくらいに熱烈でかなりしつこい。娘と見ていて恥ずかしかったり呆れたりすることが何度もあった。

でも、母が恋をするのは良いことだと思った。父の突然の死は、ショックだったはず。乙女に戻って恋している母は、心をときめかせ喜びを感じていた。恋する目はキラキラと美しく輝いていた。嘆き悲しんでいる母を見るよりも、恋する母を見ている方が私の心は遥かに救われていた。

それにしても父はずんぐりむっくりで頑固でワンマン（お父さん、ごめん）。母はイケメンで全てが真逆の人がタイプだったのかぁ……。

母は二十歳で見合いをし、すぐ結婚。昔は嫌でも見合いを断れる時代ではなかったとか。祖母が昔言っていたが、母はかなりモテた女性だったが、親の勧める見合いをして結婚したそうだ。

昔、認知症について友達から興味深い話を聞いた事がある。人は、認知症になると我慢してきたことを繰り返すとか。食べるのを我慢してきた人は、食べまくる。出かけるのを我慢してきた人は、果てしなく歩き回る。人に言いたいことを我慢してきた人は、罵声を浴びせかけたり、怒鳴ったりする。母は、恋する事を人生で諦めて過ごしてきたのだろうか？　それで次々と恋をしてハッピーになる。ただ、両想いだと思い込んでしまうことが、相手に迷惑をかけてしまうのだけど……。

寝ていることが多くなった母

亡くなる一年ほど前から、母はだんだん寝ている時間が多くなっていった。せっかくショートステイ先に会いに行っても目を覚まさず、寝顔だけ見て帰る日が増えていく。「母の旅立ちはそんなに遠くないかも……」と思える日があったり、ごくたまに「今日は調子が良さそう」と思える日があったり。

どんな状況でも金曜日の夜には兄は頑張って母を連れて帰っていたし、母も頑張って帰ろうとしていた（もちろん、介護士さん達が手伝って下さってできたことである）。連れて帰っても居間に置いてあるベッドにほとんど寝ているだけだったけれど……。

私が会いに行くと調子のよい時は、母は目を閉じたままゆっくり、とぎれとぎれに不思議な話をしてくれることが何度かあった。話しながらいつの間にか寝てしまうこともしばしば。母との会話で、エッセイにして書き留めてあったものがある。

（母の幻想ストーリー）

私「最近お父さん来る？」（三年前に他界した父の事）

母「来るよ～」
私「何か言っていた？」
母「お父さんはニッコニコして、『俺は天国では偉い地位にいるんだ』って言ってた」
私「へぇ～、お父さんは出世欲が強い人だったからねぇ。あちらでも偉い地位についたんだね」
母「……」
私「お父さんは、天国でどんな仕事しているの？」
母「ゴミ拾いだって」
私「えっ！　社長とかじゃないんだぁ……。そうか、魂的に偉い人になったのかなぁ？じゃあ、あのワンマンな性格は、この世での仮の姿だったのかしらねぇ？」
母「……。お父さんは、私が料理している時の顔が、一番イキイキと輝いていたって言っていた」
私「ほんとにそうだよね。お母さんは料理が得意だから……。えっ、ねぇ、それって間違いなくお父さんの言葉だわ。お父さんが本当に来ているんだね！」
母「……」母は、にっこり微笑んでいた。

私「ねぇ、お母さんはまた飛んでどこかに行ってきた？」
母「女の人が迎えに来て、トンネルの小さな入口まで飛ぶ練習をしているんだぁ。まだまだ下手だから、なかなかたどり着かないのよ……」
私「入口ってどこにあるの？」
母「海の方だから、一人ではいけないんだ」
私「入口にたどり着くとどうするの？」
母「道彦が待っていて、中に連れて行ってくれる」
私「海彦、山彦のように『彦』がつく神様が沢山いるから、道の神は『道彦』っていうのかしらね？」
母「……」
私「トンネルの中はどうなっているの？」
母「そこを抜けると親戚が大勢待っているよ」
そういえば、母は三年前に天国に行って来たと私に語ってくれたことがある。天国では大勢の人が、嬉しそうにニコニコと拍手で迎え入れてくれたそうだ。そこを目指して飛ぶ練習をしているのだろうか？

その母の言動を、埼玉県に住んでいる叔母にメールした。叔母は母の七才下の妹である。数年前までは骨粗鬆症で脊髄を次々と圧迫骨折して、二年間寝たきり同然の生活だった。その当時ピンピンしていた母は、叔母が可哀想だと随分心配していたが、その後の状況は逆転している。叔母は骨粗鬆症の新薬とリハビリで杖をついてゆっくりと歩けるまでになり、夫である叔父が生活を助けている。

叔母はメールを見て、がんばって母に会いに行きたいと言ってきたが、私は断った。母は痩せて顔つきもすっかり変わり、元気なころの面影が全くなくなってしまった。訪ねて来ても母は寝続けているかもしれないし、自分の妹だとはわからないかもしれない。叔母叔父をがっかりさせたくないし、電車を乗り継いで来る年老いた二人が逆に心配でもある。私に断られた叔母は諦めきれず、兄に電話して兄の承諾を得て来ることとなった。

叔母が来る日、母には何も知らせてないのに母はすこぶる元気な日だった。施設の母の部屋に入って来た叔母を見て、母は子供のように泣きじゃくった。叔母は母の頭を撫で、背中を擦り、頬にそっと触れ、「頑張っていてえらいねぇ、えらいねぇ」と、まるで母親の様に優しく包み込んだ。母は叔母と嬉しそうに、ゆっくり口調で昔話をはじめた。

そこで分かったことだが、「道彦」とは、五歳で亡くなった母の弟だという。その弟の存在を私は一度も聞いたことがなかった。可愛がっていた弟が事故で亡くなった時、母は随分悲しんだそうだ。「道彦」は、叔母がすぐにでも会いに行こうと思ったキーワードだったらしい。

そして叔母が付け加えた。飛ぶ練習を手伝っているのは、子供のころ亡くなった姉の「恒子」ではないかと……。恒子が大人の姿になって導いているのではないかと……。

一時間くらい話をした後、母が眠そうに一分間ほど目を閉じした。そして目を開けた瞬間、母のスイッチが急に入れ替わった。突然母が低い声で叔母に

「貴女はどちらさんですか？　お名前を教えて下さい」と言い出した。私が慌てて

「智子おばさんでしょ！」と言うと、

「智子おばさんですか？」とまるで他人のような態度。母の魂は、またどこかに飛んで行ってしまったようだ。この頃はそういう事がよくあり、（あらら、また死神に代わってしまったな）と私は思っていた。

天国に行く準備をしている人の魂は、身体から出たり入ったりするそうだ。身体から魂が出た時に、邪悪なうろつく魂に身体が乗っ取られないように、番をしていてくれる

神のことを「死神」というと聞いたことがある。その話は母の現象にぴったりなので、こういう時は母の魂は飛んで行ったと思うようになった。人格や声、表情がまったくの別人のようになるので、そう思うしかない。

（今日の死神は、決して悪い存在ではなさそうだなぁ。敬語でハキハキ話す立派な紳士のような神らしい）

母本来の魂は、残念ながらその日はもう戻って来なかった。

叔母が帰る時も、母は淡々と低い声で挨拶していた。

叔母が「今度いつ会えるかなぁ？」と淋しそうな声で母に問うと、母は愛しの妹とは理解していないようで、淡々と「また会いましょう！」とはっきりと元気に答えた。

叔父が優しく
「お元気でいて下さいね」と語りかけたのに対して、母は
「あなたも綺麗に死んでくださいい！」と、とんでもないことを言った。

（あー、なんてことを……。ちょっとやめてよ～　死神さんよ！）私は愕然としたが、その場の誰もが、聞こえなかった振りをしていてくれた。兄が白い封筒を母の手に握らせ、母に耳打ちをした。母はぶっきらぼうに封筒をつき出し、「交通費！」と大きな声

を出した。受け取れないと言う叔母に、私が「また次回来るときに使って下さい。待っていますから」と言葉を添えて、受け取ってもらった。もう会えないかも……という双方の思いを、次回の約束で消したくもあった。

母はすぐに寝てしまい、私はエレベーターのところで、出来るだけ明るく元気に二人を見送った。駅まで送る兄と二人が乗ったエレベーターのドアが閉じた途端、私の目から涙が流れ落ちた。

叔母叔父が北陸の片田舎まで来るのは、大変なことだったと思う。実際、駅構内をノロノロ歩きで右往左往し、乗り換えも容易ではなかったと、老いたことを嘆いていた。

（おじさん・おばさん、ありがとう。お二人もいつまでも元気でいてほしい……）

それにしても、なぜ母は突然死神さんと入れ替わったのか？　妹との別れの悲しさを母に味わせないように、死神さんが気を利かせてくれたのだろう。「死神さん、ありがとうね」と、私は心の中で繰り返していた。

母の部屋に戻ると、母が目を開けたので、車いすに乗せて、皆さんがおやつを食べているラウンジに連れて行った。母は寝る前の出来事はすっかり忘れ去り、淡々とおやつを食べ出した。「これでいいんだ」と、私は自分に言い聞かせた。

でも、もしかしたら母は、私達が心配しないように芝居をしているのではないか……という思いが頭をかすめたりもした。なぜなら、本来の母は周りの人達にとても気を遣う人だったからである。

母を施設に入所させる

一日の大半をベッドで寝ているか、うつらうつらとした状態の日が多くなっていった。それでも兄は金曜日の仕事上がりに連れて帰っていたが、車に乗せるのも介護士さん達の手を借りなくてはならず、実家についてからは一人で車イスに母を乗せて家に入れなくてはならない。私は頑張り続ける兄が心配だった。

「もう限界だよ、施設に入れようよ」と再三訴えていたが、兄は行動を起こそうとしなかった。

そんな時、ショートステイで利用している施設から「上の階の特養老人ホームの順番がきました」と連絡がきた。母が入院した当初の四年前に申し込んでおいた順番がきたというのだ。

介護当初、いろんな方々から、

「特養老人ホームは順番を何年も待つのが普通だから、早めに複数申し込んでおいた方がいい。もし必要なかったら、入所可能と連絡が来た時に断ればいいのだから」とアドバイスを頂き、二つの施設を申し込んでおいた。その順番がやっときたのだが、もう一つのほうはまだまだまったく音沙汰がない。利用している施設が、兄を見かねて早めてくれたのではないかと思った。

入所可能と兄から聞いた時、「渡りに船、助かった！」と思った私とは違って、兄は何やら浮かかない表情。

「もう、素人が働きながら看られる段階ではないよ！　もう仕方ないよ。断ったらもう順番がこないよ！」と結構必死に兄に訴えた。

兄も仕方ないことはわかっているのだろう、入所の手続きを進めた。そして、母が亡くなるちょうど一年前に入所させた。

施設に入所させてからは、私はいろいろなことから解放された。朝早くに施設に母を迎えに行き、病院に連れて行くことがなくなったことが一番安堵した。これは、半日がかりで結構しんどかった。施設に専属のお医者様が診察に来て、薬を出して下さる。突然何かあっても対処してくれるのもありがたい。

兄も土曜日に施設に母を見舞って、ついでに実家の様子を見に行くくらいとなり随分楽になったに違いない。兄が楽になってくれることが、私には一番ホッとしたことでもある。

入所時のアンケートに「もう緊急入院の必要はなく、最期の看取りをお願いする」というような欄があり、私も兄もチェックし署名した。

母の実家の墓参り

（長野の母の実家の墓参りに行った時のことを当時エッセイにしたものである）


「あー、ようやく会いに来ることができた！　おばあちゃん、おじいちゃん、久しぶりだねぇー。」

雲一つない真っ青な空を背景に、母方の先祖代々の墓は美しく輝いて見えた。大好きだった祖父母にご無沙汰を詫び、娘である私の母の介護状況や父の他界を報告していると、涙で声がつまった。
「千の風」で歌われているように「お墓にあるのは骨だけで、そこに魂はいない」と私は思っている。それなのに三十年ぶりに訪れた墓前で、溢れ出る涙が押さえられなかった。

半年ほど前、要介護四でほとんど寝たきりの母に
「私の代わりにお墓参りをして来てほしい」と頼まれていた。母の実家の墓は、長野市の繁華街近くのお寺にある。わざわざそれだけのために出かけて行くのはちょっと億劫で、約束は放っておいた。最近母がどんどん衰弱し、話もほとんどできなくなってきた。その弱々しい姿は私を慌てさせ、（早く約束を果たさなきゃ！）と重い腰を上げさせた。

「飯山線に乗ってみたい」という鉄道好きな友人が、ちょっと遠回りではあるが緻密な計画を立ててくれたので、一緒に飯山線経由で長野に向かうことにした。
飯山線は、たったの二両で、地元の高校生の登校で混んでいる素朴な列車。そんな中、ちらほら観光目的らしい方々も乗っていた。確かに晴天の中、キラキラと光を跳ね返しながら流れてゆく川と、木々の少しずつ違う緑色の織り成す景色は、絶景で素晴らしい。

秋の紅葉の頃が一番良いとのこと。

「今度は紅葉の頃に来ようよ！」と、友人は嬉しそうだった。

景色に魅了されながら私は、弱ってきた母のこと、三十年ぶりに行く墓参りのことなどに思いを馳せていた。

長野駅に着いてからはそれぞれ別行動で、私は墓参りに、友人は善光寺観光に行った。

私は駅前で墓用の花を買いそろえ、路線バスに乗った。叔母から前もって寺の名を聞き行き方を調べておいたので、迷わずに寺にたどり着くことができた。

寺の墓地敷地は山の斜面でとても広い。そこに多数の墓が整然とは配列されずにひしめき合っている。

「とても自力では見つけられないから、お寺さんにお墓の場所を聞いてね」と叔母から助言されていた。そこで、お寺の奥様に墓地内の墓名が入った地図を借りて探したが、それでも墓を見つけ出すのは簡単ではなかった。

九月半ばだが、真夏の様にカンカン照りで暑い。汗だくでようやく見つけ出した墓は、私が記憶している小さめの古い墓ではなかった。いつなのかはわからないが、叔父が新しく立派な墓石に替えたようだ。私はこの新しく綺麗になった墓とは初対面である。

花を供え、家から持参した線香に火をつけて置き、少し離れてゆっくりと墓全体を眺めてみた。青空と花のコントラストが美しく素敵に感じた。

花屋のお洒落なおばさんが、黄色と白の菊を選んだ私に「赤を入れた方が墓には明るくていいのよ！」と赤いカーネーションを承諾もなく入れたが、おばさんの言う通りだった。灰色の無機質な墓に、赤い花は綺麗に映えていた。

墓の横に建てられた墓誌に「道彦五才」の表記を見つけ、「本当にいたんだ！」と一人で納得し微笑んでしまった。最近母が、

「もうすぐで道彦に会える！　迎えに来る！」と繰り返し言っていたが、墓誌から計算すると、母が十才の時に五才で亡くなった弟だった。よほど辛い別れだったのだろうか、最近まで母はこの名前を口にしたことがない。会ったこともない幼いおじさんの名前を墓誌に見つけ、私は嬉しく感じた。まるで時空を越えて、母が大好きだった五歳のおじさんに出会えたような気分だ。母が口にしていた名前を見つけられただけでも、ここまで来た甲斐があったと思えた。

奥様にお礼を言ってお寺を後にし、友人との待ち合わせ場所に向かった。

「おばあちゃん、おじいちゃん、お母さんにその時がきたら、穏やかに楽しく旅立てる

ように見守ってあげてね。お願いだよ！」と大好きな祖父母の眠る墓に手を合わせたことで、私の本来の目的も果たせて安堵し、心穏やかな気分で歩を進めていた。

心の奥底に一抹の寂しさを感じながら……。

母との川柳作り

母に川柳を作らせていたが、二度目の入院辺りから、母はもう川柳を書きとることがなくなった。というのは、もうペンが持てなくなり、支えてペンを持たせても字が書けなくなったからだ。さらに、五七五という概念さえ分からなくなったようだ。それでも私が
「ねぇ、川柳のヒントを頂戴！」と言うと、
「宇宙を感じる壮大なのがいいねぇ」と言った言葉が、最後のアドバイスで忘れられない。それ以降、母は川柳というものが全く分からなくなったようだ。
私は市の文学コンクールに、今まで作った母の句を送ることにした。とは言っても、ボケ出してから作ったものばかりで、まぁまぁ川柳と呼べるかなぁ……と思えるもの

は、この二年で十句ほど。その中から兄と一緒に次の三つを選んで、コンクールに送った（主催者に電話して、母の状況と代筆でも構わないかと聞いたら、良いとのことで応募することにした。もちろん名乗ってない）。


「するするとかけ湯流れるしわの道」

「老い箸でご飯摘まめぬもどかしさ」

「デイサービス　友に会えたが忘れられ」

の三つである。その際母は、違うものがいいと主張した。それは次の三つである。


「還暦の息子と食す買い弁当」

（土日の兄との生活で、コンビニやスーパーで弁当を買って来ては、一緒に食べていたのを詠んだらしい）

「足音で子の体調が気にかかる」

（寝たきり生活だと、兄の足音で体調が悪いのがわかるそうだ。後々兄に聞くと、痛風で足が痛いのを我慢して歩いていたとわかった）

「終《しま》い湯で湯栓を飾り今日終える」

（デイサービスの大きなお風呂は、皆が入り終わると栓を抜き、鎖のついた栓を浴槽にかけて置くそうだ。それがお風呂のアクセサリーに見えるとか。それを句にしたらしい。これは詠んだ時から結構気に入っていたようだ）

結局、兄と私で選んで送った川柳（一人三つずつ応募する）は、三つとも入選し、予想外の快挙でびっくりした。川柳教室でも三つ入る人はいなかったし、私も二句しか入らなかったが、「三つも入って凄い！」と教室の皆さんに褒められたくらいだ（応募すれば必ず一つは入選する）。まぁ、三つ入っても表彰されるわけでもないのだが、それでも嬉しいものだ。

寝たきりの母に報告に行った。

「お母さん、すごいよ！　川柳三つとも入ったんだよ。私でさえ二つなのにさー。川柳教室でも三つも入った人なんかいないんだから！　お母さんはやっぱりすごいんだよ。良かったね！」と、喜んでくれるものと明るくハイテンションで言ったのに、

「お前より良くて悪かったね……」とかすかな声でポツリとつぶやいた。

（そうかぁ……。母は私よりいい成績をとらないように、入選しそうにない句を選ぼう

としていたのかもしれない……）と感じ、最後の最後まで母親ってすごいなと思った。母にとっては、私の方がいい成績をとってくれた方が嬉しかったのだろう。今の自分に置き換えれば、母の気持ちもわかる。

後日、施設に入選句が掲載された本を持って行き、母が気に入っていた若い男性介護士さんにもこの快挙を伝えたが、

「川柳なんて、こんな状況で作れたんですか？」と怪訝そうな冷めた返事で本に目もくれない。母の面倒を見て下さる方々なら、きっと一緒に喜んでくださるものだとばかり思っていた。そんな風に考えていた私は、愚かだったと思い知らされた言葉である。その場を立ち去る若い男性介護士さんの後ろ姿を見ながら、

（初めからこんな寝たきりで、ボケボケではなかったんですよ！　つい最近までは川柳作れるくらいのちょいボケの時期があったんです。あなたは知らないでしょうけど、数年前まではとても賢い母だったんですよ！　一緒に喜んでくれてもいいじゃないですか！）と心の中で叫んでいたが、入所して生活のほとんどが寝たきりの母しか見てないのだから仕方ないことである。

川柳は、母が亡くなった途端、全く興味が無くなって止めてしまった。私にとっては、

母がいての川柳だった。もう川柳をすることはないだろう。いや、もう川柳自体が嫌いかもしれない。

母のボケと介護について

母を特別養護老人ホームに入所させてからは、肉体的には随分と楽になりホッとした半面、母に対して申し訳なさも感じていた。入所とは家族が家ではもう看てあげないということで、母が可哀想でもあり、なんとなく後ろめたさを感じてしまう。「もう少し頑張って看てあげられなかったか……」と自分を責めそうになると「こうするしか仕方ないんだ」と自分に言い聞かせていた。

私達がボケや介護と懸命に向き合ったのは、施設に入所させるまでのことであり、そこまでの私と家族の心模様を今一度記しておきたいと思う。

ボケ出した当初は、まぁまぁ美人で、品が良くて、賢い母が、ある日突然、山姥のように髪振り乱して訳のわからないことを言い出したのだから、私の心は張り裂けそうだった。いや、張り裂けていたと思う。介護に通う中で父も他界し、悩んだり、疲れ果てたり、日々の生活を送るのがやっとの時もあった。私の家族の生活も随分と乱された。そして、「生きているのが辛い……」くらいの鬱の中で、頑張っていた時期も短くはない。

でも悪いことばかりではなかったと、最近ようやく気付いてきた。以前の私は、介護する人の心身の悩みや苦労も、老人の苦悩苦痛もあまりわかっていなかった。それどころか自分には関係がないことのように感じていた。

現在は、老人がトボトボ歩いていると（がんばれ！　がんばれ！）と心の中で応援し、転ばないかと心配で目が離せなくなる。高齢のご夫婦がお互いにいたわり合いながら手をつないで歩いている姿を見かけると、目頭が熱くなってしまう。母のお蔭で、老人や介護をする人両方の大変さが、少しは理解できるようになったと思う。

四十年近くあまり実家に近寄らなかった兄も、父が他界後、母のために仕事分野を変えて県内に転勤してきてくれた。当初はただ見ているだけで世話が何一つできなかった兄も、いつの間にかプロ並みの母の専属介護人となり、母をまるで自分の子のように優しく労わっていた。働きながらの母への献身ぶりには、私はただただ頭が下がる思いで見ていた。兄の意識も確実に変化したと、側で見てきたのでよくわかる。

私の娘達も良い影響を受けたようだ。街中で転んだ老人を見かけ救急車をよんであげたのも一度や二度ではないという。街で困っている老人を見かけると、タクシーに乗せてあげるなど、よく手助けをしているそうだ。母は身をもって、私達に最後の教育をしてくれていたのだと思う。人生末期の介護教育を受けると受けないとでは、きっと人生の幅に雲泥の差があるに違いない。そう自分を理解させるのに何年もかかってしまった。母は、私達にこれらのことを教えるために天国から戻されたのだろう。

母の魂の散歩の話は実に面白い。なぜなら私は、母の話を半分は真実だと思って聞いていたからだ。異次元の世界を、母の魂は時空を超えて見て体験してくる。人智を超越した体験で、母にとっては全てが真実の体験だ。

母が脊柱管狭窄症や圧迫骨折などで入院した際、身体の痛みや不安・寂しさなど、全ての苦悩から逃れるために体得した「魂飛ばしの技」だと、私は思うことにしている。

母の話は、映画やテレビのサスペンスドラマよりも、はるかにワクワクドキドキした。「今、お前の横に猿がいるよ」とか、「そこにいる幼い子供は、私にしか見えてないのかい？」なんて言われたら、どんなホラー映画よりもヒャッ、ドキッとするでしょ？

さらに「自分にしか見えてないのかも……」と自覚しているのが妙に真実味を増してし

まう。

母は機嫌の良い日ばかりではないので、心折れて泣きながら帰る日もあった。それでも母が話したい時は、想像力を働かせてできるだけ聞いてあげようと思っていた。今の私達には見えないだけで、いずれ私も異次元旅行を体験する日が、来るかもしれないのだから……。正直に話している母は、何も悪くないのだから……。

「ねぇ、お母さん。突拍子もない話を聞きながらも、私の頭の中には、いつも上品で賢いお母さんの姿もちゃんと見えていたからね」

認知症だとあざけ笑ったり、冷ややかな目で見たり、「うるさい！」「あっちに連れて行け！」などと文句を言った人達に何度か言いたくなったことがある。

「ねぇ、ボケて何が悪いの？　仕方ないじゃん！　ボケたいなんて思って、そんな風になっちゃった訳じゃないのよ。ボケた人をさ、懸命に介護している家族に文句を言われても、ひたすら謝ることしかできないんだよね。でもね、なぜ謝らなければいけないのかも正直よくわからない……。家族だって辛いんだよ！　そんなあなた達は、将来絶対にボケないの？　私にはそんな自信ないよ……。明日は我が身かもしれない……」

と思いつつ、「すみません」と頭を下げていた。

第二章　兄が倒れる

東京で見てもらった未来

好きな作家さんのエッセイに「ある霊能力のある占い師が、さまざまな未来を当てたのでびっくりした」という内容の事が書かれてあった。作家さんの書き方が上手いのだろうが、（へぇー、そんなに未来を当てちゃうなんて不思議だなぁ、面白そうだなぁー）と興味をそそられた。その占いは良心的な低額料金でもあり、私は東京に住む長女の陽織に

「その占い師に一度見てもらってきてよ。その後に感想を聞かせて」と頼んだ。

陽織は早速ネットで申し込もうと試みたが、「予約がいっぱいでとれない」と言い、私はすっかり諦めていた。半年後に

「やっと予約がとれたから行ってくるね」と連絡が来た。

見てくれた方は、三十代くらいの優しそうな男性だとか。予約した一時間、いろいろ

な話をしてとても楽しかったそうだ。

「なんとなく得る物があったから、お母さんも行ってみればいいよ」と言う。娘の話が面白かったので、私もいつか話のタネに行きたいと思った。

半年くらい経った二月の始め、所要で東京に行かなくてはならなかったので、帰る日の昼前に一時間の予約を一カ月前に長女がとってくれた。

私が占い師に会って相談したいと思っていたことは、施設で寝たきりの母のこと、三年前に父が突然他界し、気分が沈みがちな私はどうしたらいいかなどである。

占い師の言った内容を要約すると、
寝たきりの母は、私や兄の準備が整ったら天国に旅立つ予定。半年以内でそう遠くないとのことだ。

私のオーラは薄いレモン色。この占い師も滅多に見たことがない素晴らしい色だとか。薄いレモン色は、私も好きな色なのでなんとなく嬉しい気分になった。

私の前世は日本人ではないが新聞記者で、文学方面を担当していたとか。

（えーっ、私は新聞もろくに読まない……、文才なんてないから、それはあり得ないな……）と心の中では正直疑っていた。

だから、いろいろ書いてみたらどうかという。私は以前エッセイ教室に通ったが、他の生徒さんに文章を批判され、文章の才能がないと感じて辞めたのだと話した。

「辞めてよかった！　あなたは、そこにいては上達しない。そこに縁がないことを知らせるために、わざわざ批判を受けたんですよ。辞めて次に進めと言うことです」

なるほど……。確かに皆さんの評価を気にして書いていると、私の文章のリズムが変わり、私の思うような文章ではなくなってしまう気がした。でもそれは、私が文章の書き方を知らないド素人だからだと思っている。

「貴女は、いずれ本を書きますよ。多分六十才までに。書くときは、心の奥底に『愛』をテーマに書いてみてください。時期が来たら、必ずその本は世に出ます」

まさか……。私は本もろくに読まないし、国語も作文も苦手。ただ介護している頃、日記を書くと精神的苦痛がちょっと和らぐような気がしたので、エッセイ教室に通ってみた。そして下手だと思ってすぐに辞めた。本なんて書けるわけがない。

「それでは、文章の上達法を教えて下さい」と尋ねると、

「貴女がいいなと思う文章を書く作家さんと握手をして下さい」とのこと。突拍子もないアドバイスに驚き、聞き返したくらいだ。

信じていない訳ではないが、地方住まいで出不精な私に、作家さんに会うチャンスなんて今まで（この六年間）一度もなかった。本当に上達するかどうかを確かめることができず、残念に思っている。

カウンセリング終了時間も近づき、最後の質問をした。

「私は介護や父の死で精神的に参っていますが、私を助けてくれるのはいったい誰ですか？」

きっと「兄」という言葉が反ってくるだろうと内心思っていたが、

「いません。あなたは、人を助けるための人生で、助けてもらう人生ではありません」

（えーっ……、そんなぁ……、辛すぎる！）

「いいですか。これから貴女の周りに起こることを、必ず文章にしていってください。本にして下さい。諦めないで！」

私は、礼を言って部屋を出た。他にも結構良いことをたくさん聞いたので嬉しい気分になって歩を進めていたのだが、最寄り駅に着く頃に最後の言葉に意識がいき、急に胸騒ぎがしてきた。

「助ける人生ってなに？　私は両親以外にもまだ誰かを助けるのかしら……。これから起こることってなんだろう？　もしかしたら母が急変するのかしら？」

久々の東京をブラついてから帰ろうと、夕方の新幹線の指定席をとっておいたのだが、心がざわついて無性に帰りたくなった。私は走り出し急いで電車で東京駅に向かい、昼頃の新幹線の指定と変えてもらい飛び乗った。

倒れている兄が発見される

夕方自宅に戻って、留守電も入ってないし、いつもとなんら変わらない状況に「気のせいだったか……」とホッとし、高く降り積もった雪の雪かきでもしようと外に出た。その直後、コートのポケットの中で携帯電話が鳴った。それは、実家近くの警察からだった。

「大雪なのに、土曜日から空き家のはずのご実家の玄関の扉が開けっぱなし、家中の電気がつけっぱなし、家前の車のドアが四つ全て開けっぱなし、玄関の前に鞄やその中身が散乱しているのが二日も続いていると、町内会長さんから通報があったので、家に入ってみていいですか？」とのこと。

「大雪なので、土曜日に兄が実家の水道管が凍ってないか点検にいったんです。至急入ってみてください。お願いします」と叫んだ。一旦電話は切られて、出掛ける支度をしていると、十分後くらいに再度かかってきた。

「お兄さんだと思いますが、ご実家の脱衣所に倒れています。水浸しの床に下着姿で倒れています。声をかけたら返事がありました。救急車を呼びましたので、あなたもすぐ来てください」

土曜の三時ごろにはアパートに帰ったはずなのに、今は月曜日の夕方である。極寒の中を水浸しの床に二日間も倒れていたというのか……。

警察官にすぐ来るようにと言われたが、車は雪にすっぽり埋まっている。たとえ掘り出せたとしても、この大雪だし、日ももう暮れて路面は凍り始めている。私の運転能力ではちょっと怖い。タクシーにしようかと電話してみるが、この雪では無理だと二つの会社に断られてしまった。電車も乗り換えでしか行けないし、雪で随分遅れている。どうしようかと考えあぐねて、夫の職場に電話して先に実家に直行して欲しいと頼んだ。実家に比較的近い叔父に電話したら、従妹が出たので事情を話したら、タクシーで行ってみると言ってくれた。私はあちこち電話して行く手段を模索し、結局三女の彼氏の車で実家に向かうこととなった。

到着までの間、何度も警察官から「まだですか？　早く来て下さい！」と携帯電話にかかってきたが、そのついでに現在の状況も伝えてくれた。「名前は言えてます」と聞いてホッとしたが、（えっ、ただごとではない……）と覚悟した内容もある。警察官が「今日は何をしていましたか？……と問いかけたら、『今日は妹とお昼を食べました』と言っていますが、そうですか？」

「いいえ、私は先ほど東京から帰ってきたばかりです」と力なく答えた。

実家に着くと、既に夫と従妹が着いていて門の前に立っていた。さらに次女夫婦も私達のすぐ後に着いた。

警察の電話からもう二時間近く経っているというのに、家の前に救急車が止まったままでいる。受け入れ先が見つからないそうだ。

到着してすぐに警察官からびしょ濡れの兄のカバンを手渡された。

「中身が庭中に散乱していたので、集めて入れておきました。財布も中身が入っていますし、通帳もカードも入っていますので事件性はないと思われます」と言うと、もう一人の若い警察官が付け加えた。

「車の上に新雪が三十センチ以上積もっているので、土曜日から車は動かしていないようですね。一番降り続けたのは土曜日夕方から日曜日にかけてですから」

兄の車に目をやると、車は運転席側のドアがボコボコとへこんで、ミラーが折れている。ドアは四つ全て開いていたという。家中の明かりが全てついていたとか。玄関ドアは全開……。（こんなミステリーなことがある？　これで事件性がないの？）と疑問に思ったが、

「では、事件性がないということで私達はこれで失礼します」と警察官二人は帰って行った。私は呼び止めて聞きたいことが山のようにあったのだが、とにかく兄が心配で救急車の中に駆け込んだ。

救急車の中に入ってみると、未だに受け入れ先がみつからず、消防の方はあちこちの病院に電話をかけ続けてくれていた。頭の方が疑われる症状なので、脳を検査できる受け入れ先が見つからないそうだ。兄は、

「大変な事になってすみません。すみません。申し訳ないです」をずうっと繰り返し言っている。私が
「何謝っているの？」と聞くと、

「こんな大事になって皆さんに迷惑をかけてしまっていることです」と答えた。いつもよりどもりがひどいが、声も大きくちゃんと話せているので、この時は兄の病状はそれほど大したことではないような気がしていた（兄は少し吃音で話すことがある）。

記憶は曖昧だが、ようやく受け入れてくれる病院が決まり、救急車が動き出したのは電話から三時間以上経ってからだったと思う。

兄の入院生活の始まり

病院についてから、私達は廊下の椅子で検査が終わるのを待ち続けた。医師が出て来て説明をしてくれたのは、もう深夜だった。

脳のＣＴ画像には出血が白く映し出され、

「出血量は結構多いのですが、脳の深い部分からの出血なので手術はできません」という医師の言葉が、私の胸に重く響いた。さらに、倒れた拍子に大腿骨に二カ所の骨折があり、いずれ手術すると説明を聞いたのだが、翌日から原因不明の熱が三週間ほど続き麻酔がかけられないとのことで、結局その手術もできなかった。

救急車の中での兄は元気そうに思えたのに、翌日面会した時からの兄は高熱と下痢、後頭部の痛みに激しくうなされているように苦しんでいた。私は、兄がいつ旅立ってもおかしくないと不安でいっぱいだった。「生きて発見されたのは奇跡だ！」と誰もが言っていたが、確かにもう少し発見が遅れていたら、間違いなく兄は息をしていなかっただろう。

兄の突然の事態に困り果てた。警察や消防、病院の方々に次々といろいろ聞かれる。既往歴は？　飲んでいる薬は？　最近の様子は？　倒れた時は何があったのか？　保険証は？　住所は？　会社は？　とにかく何を聞かれてもわからない。まるで責め立てられているような気分の中「わかりません」を繰り返していたが、心の中では（そんなの知ってる訳ないじゃん。離れて暮らしてきた兄妹が、そんなこと分かる訳ないよ！）と叫んでいた。

兄は当時六十一才。十八才で大学進学のために実家を出てから四十年間、私とは年に一回くらいしか顔を合わせることがなかった。そのたった一回も会食するわずか数時間というものだ。離れた地に住む男と女の兄妹なんて、普通はそんなものだと思う。兄が結婚して妻子でもいたら、少しは家族間の交流もあったかもしれないが……。

三年半前に両親の介護に疲れ果てた私は、父の他界でノイローゼ気味になっていた。そんな私に代わって母の介護をするために、兄は県内の姉妹会社に転勤してきてくれた。兄と多少なりとも話すようになったのはそれからで、その会話も介護の連絡事項がほとんどである。そんなでこの四十年間の兄のことは、実はよく知らない。知っているのは、温厚で、優しく、口数が少なく、一日に本を三冊も読んでしまう読書家ということぐらいだ。

父は生前、兄を随分と心配していた。両親が旅立てば、独身の兄には私以外に身内はいなくなる。きっと親しい友人もいないだろうと。老後を兄は独りでどう過ごすのかが、父の気がかりだった。

「和也に何かあったら力になってほしい」と私に言った言葉が、私の心の中に遺言のように残ってしまっている。

兄には寝たきりの母と妹の私しかいない。私が助けるしかない……。その日から私は兄のために三カ月間ほぼ毎日病院に通い、兄の雑務のために奔走していた。

幸いその三カ月ほど前に、母を特別養護老人ホームに入所させていた。その頃の母はほとんど寝たきり状態ではあったが、それなりに安定していた。母は施設に任せて、私は兄の方に専念できたので助かった。

きっと兄は週末の介護がなくなり、ホッとしたところだったに違いない。

それからほぼ毎日昼は、病院の売店前の椅子に座り、パンをちぎっては口に入れ缶コーヒーで流し込んでいた。パンは好きなのだが、全く味を感じない日が続いていた。(何日経ったのか……。兄は生き抜くだろうか？　それとも年老いて寝たきりの母を残して、先に天国に行ってしまうのか……)と悶々と考え続り、「生き抜いてほしい」とひたすら祈っていた。

集中治療室は一回たった十分しか面会できない。朝に十分面会しては、病院内で時間を潰して昼に面会し、また時間を潰しては三時ころ面会して帰路につく日が続いていた。院内でいったいどうやって時間を潰していたのか全く覚えていない。

今年の冬は異常だと誰もが口にしていた。凍える寒さと大量の雪に人々は悩まされ、毎日雪除けに時間を割いていた。私の車は雪に埋まり、雪を除ける場所もうない。バスで病院に行き、帰りはタクシーを利用していた。兄は原因不明の熱と下痢が続き、苦しそうではあったが、脳のためになるべく通って少しでもいいから話しかけるようにしていた。

私も心身共に辛かったが、直前に占い師に「助ける人生」と言われていたので、不思議と「助ける」ことに抵抗なく頑張れたようだ。

偶然にも病院からほど近い所に職場がある娘二人も、勤務終了後に病室に話しかけに行ってくれていた。

兄が倒れる前後を回顧

「寒さで水道管が凍結し破裂している空き家が多いので点検するように」と、数日前に注意を促す県内ニュースが流れていた。秋に母を老人ホームに入所させてから、実家は空き家となっている。兄はいつも土曜日に実家の点検に行っていた。案の定、台所に水が溜まっていたので、水道局に電話して水道管の修理業者の連絡先を聞き呼んだ。
私が兄の携帯に電話をしたのは、土曜日の一時半ころ。兄は
「二時に水道管の修理業者が来てくれるそうなので、雪をかき分けて水道栓を探してい

るんですよ。どこにあるんでしょうかねぇ？」と随分と息を切らして、途切れ途切れに話していた。広い敷地の中、水道栓を探すために深い雪を掘り起こしてかなり疲弊していたようだ。だが、私も水道栓がどこにあるかわからない。この家は両親が定年退職後に私達にはなじみのない土地に建てた家で、兄は住んだことがないし、私も嫁入り前に一年ほどしか住んでない。私達には、知識も思い入れもない家である。

（これから兄を手伝いに行くべきか……）と一瞬頭をよぎったが、雪道を車でいくのも怖いし、電車を乗り継いで行くのも時間がかかって大変に思えた。何より明朝の新幹線で東京に行く予定があり、正直面倒くさいと感じていた。そんな私の心を読み取ったのか、

「来なくていいですよ。こちらでみんなやっておきますから」と兄は言い、その言葉に甘えて私は行かなかった。

（この水道管エピソードを、後に私は警察に何度も聞かれ、消防員にも何度も聞かれ、いろんな医師にも何度も聞かれ、親戚家族にも何度も話さなければならなかった）

そして、二日後の月曜日夕方、警察官が脱衣所に倒れている兄を発見した。

郵便はがき

料金受取人払郵便

大阪北局
承認
1635

差出有効期間
2025 年 1 月
31日まで
（切手不要）

553-8790

018

大阪市福島区海老江5-2-2-710

㈱風詠社

愛読者カード係 行

ふりがな お名前		大正 昭和 平成 令和 年生 歳	
ふりがな ご住所	□□□-□□□□		性別 男・女
お電話番号		ご職業	
E-mail			
書名			
お買上書店	都道府県 市区郡	書店名	書店
		ご購入日	年 月 日

本書をお買い求めになった動機は？
1. 書店店頭で見て　2. インターネット書店で見て
3. 知人にすすめられて　4. ホームページを見て
5. 広告、記事（新聞、雑誌、ポスター等）を見て（新聞、雑誌名　　　　）

風詠社の本をお買い求めいただき誠にありがとうございます。
この愛読者カードは小社出版の企画等に役立たせていただきます。

本書についてのご意見、ご感想をお聞かせください。 ①内容について	
②カバー、タイトル、帯について	
弊社、及び弊社刊行物に対するご意見、ご感想をお聞かせください。	
最近読んでおもしろかった本やこれから読んでみたい本をお教えください。	
ご購読雑誌（複数可）	ご購読新聞 新聞

ご協力ありがとうございました。

※お客様の個人情報は、小社からの連絡のみに使用します。社外に提供することは一切ありません。

木造で玄関が開けっ放しの火の気がない家は、氷点下だったに違いない。極寒に下着だけで濡れた床の上に二日以上倒れていた兄は、ずうっと同じ態勢で倒れていたのだろう、下になっていた手足の皮膚や筋肉が壊死したようになっていた。とにかく生きていたのが奇跡だ。

兄が入院した翌日、病院の方は娘達に行ってもらい、私は実家の戸締りなどの点検に行き、掃除をしながらミステリーを解明しようとした。車のボコボコは門内に車をバックで入れる時にできたようだ。昼間見ると、門が擦れたようにボロボロとクズが沢山落ちていた。一旦帰ろうと車で門を出たが、身体の異変に気付き車を再度門の中に入れたのではないだろうか？　門内に入れるのは慣れていないと結構大変な作りになっている。

車内の座席に積もっている雪を外に掻き出しながら「なぜ、全ドア開けたのか？　やはり強盗か？」

とりあえず、三時ころアパートに帰る予定の兄に、なんらかの帰れない事態が起こったのは間違いないようだ。

兄を助ける

兄から以前もらった名刺を頼りに、会社に電話してみた。兄は母の介護のために県内に転勤してきたとばかり思っていたが、姉妹会社に出向という形で来ているそうで、兄の本社はここではなく東京だと言う。そんなことさえ初めて知った。訳わからずに途方に暮れている私を気遣って、電話口に出た総務の方が、代わりに東京の会社とのやり取りをして下さることとなり助かった。

後日、電車を乗り継いで兄が住む地域に行こうとした日に、またまた大雪で電車が不通となってしまい、遠いのだが友人に送ってもらった。病院側に保険証をせかされていたので探しに行かないわけにはいかない。会社の総務の方が駅まで迎えに来て案内して下さり、兄のアパートの部屋に保険証を探しに行った。私は、兄の住んでいるアパートの場所さえ知らなかったのだ。

新しくて綺麗なアパートなのに、部屋の中は三年間掃除もしてないようで、息をするのもためらうほど埃が舞っていて汚い。引っ越しで運び入れた段ボールが開封されずに沢山積まれている。山のような本や新聞等が雑然と床に散らばっていて、足の踏み場もなかった。ビールやジュースの空き缶は、ごみ捨て用のビニール袋に入れられてはあったが何袋もあった。そんな中を東京から手伝いに来た長女の陽織と二人で片付けながら、必死に兄を知る手がかりを探した。通帳、保険証、免許証、手帳、保険契約書、社員証などを苦労して探し出した。

その後、兄の部屋の掃除に娘達や夫と五回以上通った。その度に山のようなゴミを車に詰め込み持ち帰って処分した。後々兄が退院してくる頃には、大学時代から使っているであろう汚いせんべい布団やボロボロの毛布・穴の開いたバスタオルなどを全て破棄し、新しい物に買い替えておいた。骨折して当初足が悪かった兄のためにベッドや椅子を備え付けた。服やジャンバー等はクリーニングに出したり処分したりし、新しい物を準備しておいた。日持ちする食品やペットボトルなどもたくさん買っておいた。母ならしてあげただろうと思うことを、全て私が代わりにしておいたという感じだ。

病床の兄を見舞った時に

「部屋が汚なすぎる！」と呆れて言った私に

「すみません。自分のことをする時間がなかったものですから……」と兄。この一言で、私は猛烈に反省した。確かに、兄にそんな時間なんてなかったのかもしれない。

兄は見知らぬ土地に転勤してきて、慣れない初めての事務仕事をこなしながら金曜の夜から日曜の夜までの母の介護をこなし、休むことなく頑張り続けてきた。私が押し付けていたようなものかもしれない。兄は愚痴一つ言わないので、兄がそこまで大変だったとは気付けなかった。

兄は大雪の中を実家の水道管を見に行き、水道管の破裂を業者に頼んで処理してもらい、書類に判を押したそうだ。後日水道局に電話して、兄に教えたであろう業者候補を七つ聞き出し、電話でその中から実家に来た人を探し出し、私が直接会って聞いて確認した。水漏れは二階のトイレの水道管から少しずつ滴下して台所に溜まったらしく、それは全て兄が拭き取ったと話していたそうだ。とりあえず水道栓を止めてもらい修理は後日ということで、間違いなく兄は判を押し、普通の会話をして別れたそうだ。そのままアパートに帰るはずだった兄に、多分その直後何か起きたのではないか。兄の記憶も判を押したところまでで終わっている。私は兄に任せて行かなかった。行くべきだったのかもしれない。だから、私がこれ以上悔いを残さないために、必死で兄を助けようと思った。

兄とモグモグおじさん

毎日兄を見舞う中で、私と娘二人はあることに気が付いた。

「和也おじさん、別人みたいだよね？」と言うと、娘達も大きく頷いた。なぜ家族の誰もがそう思ったかと言うと、

まず、普段の兄は親・妹の私・姪っ子達にまで敬語で話す。こちらがどんなに家族として気さくな話し方をしても、返事は常に敬語である。なぜかはわからないが、大学で家を出てからはずっとそうだ。それが、まるっきり友達言葉で話すようになった。

二つ目に、普段少し吃音で話す兄が、不思議な事に全くどもることなくスラスラと流暢に話していた。

三つ目に、普段は感情をあらわにせず無口で冗談一つ言わない兄が、ベラベラと冗談を交えながらよく話し、表情が豊かだった。

四つ目、私を「まりよ」と呼んでいた。兄に一度もそんな呼ばれ方をされたことがない。小さい頃は「まりちゃん」だったが、中学生頃から名前を呼ばれるほど話しかけられてない。

五つ目、毎日「まりよが来ない」と看護師さんに言って私を待っていたそうだ。兄とは四十年間滅多に会わなかった。ましてや、兄が私を待つなんて考えられない。仮に言ったとしても、「妹が来ません」と言うだろう。

そして何よりも、顔つきがまるで別人だ。

「魂飛んじゃったみたいだね」と私が言うと、娘達も「そうだね」と、既にそう思っていたかのように答えた。

母が数年前に入院した時に、全く同じような現象が起きていたので同じだと感じた。人間は耐え難い痛みや苦しみを味わうと、魂は身体から抜け出てしまうらしい。その身体を守るために代わりに入るのが死神で、「死神は決して悪い存在ではない」と聞いて母を見て理解していた。人はそんな状態の母を「認知症」と言ったが、家族の私達からしたら中身は全くの別人。苦しみから逃れるために母の魂は飛んで行ったと理解することにし、「魂飛ばしの技」と命名した。この現象が、目の前の兄にも起きていると感じた。

兄の代わりに入っている存在を、私達は「モグモグおじさん」とこっそり名付けた。口をもぐもぐと大きく歪める癖があるからだ。同じ顔なのにまるで違う人相になるのが、

水
なんとも不思議だった。
一般病棟の個室に移ってからは、兄と面会する時間も多くなった。娘達が行くと、水しか許可が出てないモグモグおじさんは
「ねぇ、オレンジジュース買って来て！」と懇願した。仕方ないので一見水ではあるが果物の味が微かにするペットボトルを買って来て、吸い口に入れて飲ませてあげると、
「うまいなぁ〜、うまいなぁ〜」とたいそう喜んでいた。
少し食事が取れるようになると、
「アイス買って来て〜！」と兄が娘達に懇願する。
「ダメだよ」と言うと
「こっそり隠れて買って来てくれればわかんないよ〜！　ねぇ〜、頼むよ〜」と娘達に駄々をこねていた。百合乃がバニラアイスを買って来て、医師の許可が出た五口だけを食べさせてあげると、こんな美味い物は初めて……みたいな至福の顔をしていた。
普段の兄は、そんな話し方はしないし、そんなわがままを言うような人ではない。もし水が欲しければ、姪っ子であっても「すみませんが、水をください」と申し訳なさそうに言うはずである。そして何より、オレンジジュースもアイスもあまり好む方ではな

い。

　モグモグおじさんの一番の特徴は、食べられるようになると、甘いお菓子を異常と思えるほど沢山食べることだった。お見舞いに頂いた菓子折りに入っていた沢山のお菓子が、短時間で一気に食べ尽くされてあった。それがとても普通には思えなく、ちょっと怖く感じた。

　モグモグおじさんは、普段の兄よりも格段に話しやすいし、親しみやすいので、娘達は兄の病室によく立ち寄って話をしていた。私も普段兄とはほとんど話さないが、モグモグおじさんとは話が弾んでたくさん話をした。

　それでもしばらくすると、兄本来の魂は、たまに戻ってくるようになった。

　それは丁度、東京から兄の友達が見舞いに来てくださった時の事。

　突然目を覚ました兄は大声を出して叫んだ。

「中国の極秘研究機関で細菌兵器の研究をしていました。厳しい……、怖い……、女性の研究者の命令が怖い！」と盛んに訴える。それは怯えているようでもあり、緊迫しているようでもあった。そこに医師が回診に入ってきて、たまたま東京から見舞いにきた友人が、

「彼はすごい読書家で、読んでいる本の量も莫大なのです。『731部隊』の本の影響で夢でもみたのでしょう」と、変な空気を一掃しようとしていた。

兄は化学研究者だったが、県内に戻るために医薬品など医療部門の会社に、文書作成者として出向してきた。双方の仕事を合体すればそんな仕事もできるのかもしれないが……。

身体の回復に従って、モグモグおじさんと兄の出現頻度が変化していった。モグモグおじさんだけだったのが、半々の出現率となり、だんだん兄の出番が多くなっていった。

ある日、いつものように百合乃が病室を訪ねた。病室のドアを開けて

「よっ！　元気？」と入って行った娘に対して兄は、

「はい、お疲れ様です」と言って丁寧に頭を下げたそうだ。

「めちゃくちゃ恥ずかしくなったよ」と百合乃からメールがきた。兄の出番が増えたということは、回復してきたということで良いことなのだが、「以前のように口数が少なくて話の弾まないおじさんに戻っちゃった！」ということである。

「何も話すことがないなぁ……」と言って、娘達はあまり行かなくなった。

兄が発見されて丁度一か月経った頃、モグモグおじさんは全く現れなくなった。甘い

お菓子を持って行っても、食べたそうな顔をしなくなった」、「なんでこれを買って来たのだろうか？」と言いたげな不思議そうな顔で眺めていた。普段の兄はそんなにお菓子を食べる方ではないのだ。

兄は、このモグモグおじさんの出現している間の記憶が全くない。水道栓探しをしているところから三週間は記憶が皆無だし、それ以降はまだらな記憶である。はっきり記憶しだしたのは、モグモグおじさんが去った日からである。だが、魂が行っていた中国のことははっきり記憶しているようで、

「まるで全てが現実の世界なんですよ。不思議なことがあるものですね」と言っている。

兄はその後リハビリのために転院し、のべ三カ月の入院を経たのち、ようやく退院日を迎えた。

私達は病院を出て車に乗った。車のミラー越しに兄の顔を見たら、モグモグおじさんが病院をしみじみと眺めていた。慌てて振り返った私とモグモグおじさんの目が合った途端、スーッと兄の顔に戻った。気のせいだとは思ったが、私の胸がちょっとキュンとした。

（モグモグおじさん、ありがとう。兄が痛みや辛さを覚えていないのは、貴方が代わっ

てくれたお陰だね。楽しかったよ。感謝しているけど、もう現れないでね。バイバイ……）と心の中で語りかけた。

「せん妄」だとか「脳障害による幻覚」だと言って、この話は家族以外の人は誰も相手にしてくれない。まぁ、当然のことだが。

「魂飛ばしの技」は、私と娘達が母と兄で二度経験したとても不思議な現象である。

当時を振り返って、ふと思うことがある。「モグモグおじさんは、もしかしたら父だったのでは？」……と。なぜなら、世界中探しても私を「まりよ」と呼び捨てにするのは、父だけだから……。毎日私を待っていたそうだから……。父は甘いお菓子が大好きだったが、晩年は糖尿病で随分我慢していたから……。兄が極寒で二日以上も奇跡的に生きていたのは、父が代わって耐えていたからだろうか？　まさかねぇ……。まぁ、それは私の欲目からくる妄想かな。

もしかしたら、母がボケてから「和也の後ろにはいつも男の人と女の人がついて歩いていて、助けてくれているのよ」とよく言っていたが、その男の人なのか……。

とにかくモグモグおじさんが、兄を死の淵から守ってくれたことと、辛く耐えがたい記憶を抹消してくれたことに感謝している。

兄は絶望と逆境からなんとか這い上がって、一人住まいのアパートに戻り、後に会社に復帰し社会生活を続行できたので良かった。

四か月ぶりかに母のいる施設に連れて行くと、寝たきりの母を優しく慰めていた。

後々、兄は入院生活を振り返って、このように言っていた。

「入院していろいろわかったんですよ。母にもっとこうしてあげれば良かったとか、もっとしてあげられることがあったなぁって……」

倒れてからの兄についての追記

話は前後するが、集中治療室のベッドで見ているのも辛いほどに苦しんでいた兄が「頼みが……ある……」とあえぐように私に言った。何かと聞くと、「友達……二人に……、このことを……伝えて……」とのこと。私は急いでメモ帳を取り出し、やっとのように言葉にした二人の名前とわずかな情報を書き留めた。そして二日間電話をかけまくって、（もう無理かもしれない……）と諦めかけた時に、奇跡的に二人を探し出すことができ連絡が取れた。なんとかこの重い役目が果たせてホッとした。

後日、遠い所からお見舞いに来ていただいたが、一人は兄の体調がすぐれない時でろくに話せず、もう一人は「中国に行って細菌……」と、兄の頭が混乱して騒いでいるような時で大変申し訳なかった（有難いことに、後日再び兄に会いに来て下さった）。

それにしても、兄に最期に会いたいと思える友人がいたことに驚いた。お二人ともエリートでりっぱな方々で、この人達といいお付き合いをしていたのか……と、知らなかった兄の一面に触れてホッとした。おとなしくて孤独な人だとばかり思っていたからだ。お二人に聞くと、それぞれ一緒に国内外を旅行したり、飲んだりと大学・大学院時代の楽しい青春を共に過ごした仲間らしい。何より、今際の際で呼んで欲しい友達がいることが、私には羨ましく感じられた。家族だけでいいと思う私の方が、よっぽど孤独なのかもしれない。

父にも、兄にはこんな素晴らしい友人達がいたことを知っていて欲しかったなぁと思った。

前記したように、兄が警察官によって発見された時、警察官が声をかけると返答したので、「今日は何をしましたか？」と聞いたら、「妹とお昼を一緒に食べました」と答えたそうだ（実際には兄は二日間倒れていた）。

その時間、私は東京からの帰りの新幹線の中にいた。夕方の新幹線の指定席をとってあったが、占い師の言葉で胸騒ぎがして、昼の新幹線の指定席に換えてもらい飛び乗っていた。その際、窓側は空いてないとのことで、二人席の通路側をお願いした。

乗った時点では隣はまだ空席。隣の席に誰かが来る前にと、お昼に買ってきたサンドイッチを食べ出した。食べている間、いろんなことを思い出していた。

（隣に母が座り、こうやって食べながら旅行することはもう無理なんだなぁ……。子供の頃、母に連れられて兄と私は列車に乗って、よく長野の祖父母に会いに行ったよなぁ……。その時、母が必ず用意していたのが、おにぎりと兄の好きな柿の種で、私は毎回社内販売の冷凍みかんをせがんで買ってもらったなぁ……等々）

なので、警察官に「お兄さんとお昼を一緒に食べましたか？」と聞かれた時、「いいえ、私は新幹線の中でした」と答えたものの、なんとなく心がざわついた。（倒れていた兄の意識は私の隣の席に来ていたのかも……）って一瞬思ったからだ。隣の窓側の席は、指定が取られていたはずなのに終点まで誰も来ることなく空席のままだった。

「中国で細菌兵器を作らされている！」と目を覚まし喚いてから一年半後くらいに、中国でのコロナウイルスのニュースを見たときは、あまりの偶然に背筋がぞーっとした。「本当に行っていたのでは……」って。もちろん、関係あるはずないが、でも不思議である。

中国が現実の生活そのものだったという兄に、その後元気になってから「こちらの現実世界とあちらの世界では、何か違いがあるはずだよ」としつこく質問したら、「そう言えば、長い間中国に行っていたのに食事を一度もしてないですねぇ」とハッとしたような表情をした。肉体を伴わない旅は栄養補給しなくてもいいようだ。

母に兄のことを報告

兄が入院した当初、母の施設の方々に次の事柄をお願いした。
母には、兄が入院したことは言わないで欲しいこと。
もし母に「和也が来ないけれど、どうしたのか？」と聞かれたら、「仕事で出張に行くことが多くなり忙しいそうですよ」とか適当に答えて欲しいこと。

兄の容態が良くなるまで私は兄の方に通うので、母の面会にはあまり来られなくなること。そのため細かなことは全てお任せするし、欲しがる物、必要な物はなんでも買って請求してほしいことなどである。

土日に母の元にせっせと通っていた優しい兄が、脳出血で生死をさまよっていると聞いた施設の方々も、随分と気の毒に思って下さり、母の方は全てやってくださっていたので助かった。

そして母は兄が来ないことを「どうしたのでしょうか？」などとは一度も施設の方々に聞いてきたことがないそうだ。

退院後にアパートで自宅療養しながら通院し、倒れてから五か月後くらいに兄は完全に社会復帰した。もう大丈夫かなと思った私は、母の調子の良さそうな日にようやく兄のことを報告した。

「あのね、和也さん、病気で入院してたんだよ。やっとこないだ社会復帰して会社に行き出したからもう大丈夫なんだけどね」

「知ってるよ。和也大変だったねぇ」と母。

「えっ！　誰か言っていた？」と驚いて聞くと
「私、見てきたんだよ。家に飛んで行ってね。すごくいろんな物が散乱して大変そうだった」
「どこに散乱していた？」と私が聞くと
「家の前だよ」
私は背筋がゾーっとした。実家で倒れたなんて言ってないし、家の前に物が散乱していたことは他言してない。それなのになぜわかるのか？

前述したように、大雪の中、実家の門を入った所に停められた車のドアは、全て全開。車から玄関まで（五メートルくらい）の雪の上には、カバンの中身が放り出されあちらこちらに散乱していた。警察官が散らばっていた荷物を拾い集めてカバンに入れてあり、そのビショビショにぬれて滴のしたたったカバンを手渡してくれた。なので、発見当時の散乱状況等は全て警察官から聞いたもので、私は現場を見ていない。私が実際に確認したのは、車の中に吹き付けた雪が積もっていたことと、その後春が訪れ敷地内の雪が解けるにしたがって、爪切りやペン等いろんなものがポツポツと出てきたことだ。母が知る由もないのだ。

警察官は「財布も通帳も盗まれていないようなので、事件性はないようです」と言っていた。本当にそうだろうか？　背後から強盗に襲われて後頭部を殴られたのではないか？　何か盗られたのではないか？　と疑問だった。

医師は「頭に外傷がないので、病的に脳内出血したのが先で、その影響で倒れて大腿骨を折ったのだと思われます」とのことだった。

兄がかけていた保険会社の調査員も、長期の調査で同じ結論を出している（脳内出血が先で転んだか、転んだために脳内出血したのかでは、出る保険金額が全く違うそうだ）。

当初、「何があったのか？　どうしてこんな状況になっているのか？　どうして…、どうして…」と、何日も取り留めなく考え続けていた私に従妹が、

「誰も見てないし、考えてもわからないことは、もう推測するのは止めようよ。どうしようもないもん」と言った。

「本当にそうだな」と思い、謎解きはしないことにした。

それなのに母は、空から見て来たから全ての状況をわかっていると言う。私でさえ見

ていないのに……。

（もしかしたら、あの散乱状況の様子、いったい兄に何があったかなど、母に聞けば全てわかるかもしれない）と思ったが、怖さが勝ってそれ以上聞く気持ちになれなかった。母が見てきたことは「認知症による幻覚」で括られるのかもしれないが、私は真実かもしれないと思っているので、真相を知るのが怖かったからだ。

思い起こせば、確かにこの半年ほどの間、母に会っても母は一番会いたいはずの兄のことを聞いてこなかった。ただ一度だけポツリと言った言葉がある。

「和也のために今は生きている」と。

その時は兄が独身だからだろうと深く考えなかったが、もし母が兄の状況をわかっていたのなら、兄の回復を待ってから天国に行こうと頑張っていたと思える。なぜなら、その後兄がまた母を一人で見舞えるようになってからほどなくして母は入院し、旅立って行ったからだ。

第三章　母の三度目の入院と旅立ち

母の覚悟

「今日、お母様の下痢がひどかったので入院させました」と施設から電話連絡がきて、私は（おやっ？　なぜ？）と思った。入所時に「もう入院は希望せず、看取りをお願いします」のアンケート用紙に、私も兄もサインしていたからだ。そのため今後入院することはなく、この施設で最期を迎えるとばかり思っていた。

兄に連絡すると

「そうですか。わかりました。もう、生きて病院を出ることはないですね」と、私の気持ちと同じ言葉を発した。

そんな思いから、私は毎日病院に母の様子を見に通った。

数日経った頃、母は点滴が効いてきたのか頭が冴えてきたようで、虚ろな状態から正気の目をした母が登場するようになった。

ある日の兄と一緒に見舞った時のことが忘れられない。

二人で個室の病室に入ると、ベッドと共に上半身が起こされていた母がいきなり「何が起こるかわからないよー！」と鬼のような形相で私たちを睨みつけて叫んだ。私達は一瞬凍り付いた。

（えっ、こんな声が出せたの？）と驚いたが、瞬時に母の言いたいことがわかった気がした。兄も私も「うん」とだけ答えた。母が天国への旅立ちを予感し「しっかりしなさい！」と言いたいのだと私は解釈したが、兄はどう思って「うん」と頷いたのかわからないし、その後も確認していない。


ある日、珍しく夫と見舞った日はすこぶる元気そうで、部屋に入るとベッドと共に上半身を起こされていてニコニコしていた。母は以前の上品な笑顔で夫に「いつもいろいろありがとうございます」と礼を言い、私に「そこに二人並んでごらん」と言った。

母の言う通り夫の横に立つと、

「いいねぇ。ずうっと並んでいなさいね」と言った。そして付け加えた。

「もう一人後ろに立っているのは誰だい？　三人で立ってるねぇ」

「何言ってるのよ、二人しかいないよ」と、夫の手前慌てて言葉を遮った。

（ふー、やれやれ。でも点滴で栄養が行き渡ったのか目も正気だし、久々の笑顔で元気じゃん。まだまだ大丈夫だな）と嬉しくなった。

　母が夫を見て、

「お腹、早く治してくださいね」と言った。最近夫はお腹の調子が良くないのを、母はなぜ知っているのだろうか？

「どうすれば治るの？」と聞くと
「簡単だよ」と、言葉を続けようとしたら、看護師さんが検温に入ってきて、夫が部屋から出て行ったので、私も「またね」と後を追った。

　すごく後悔している。正気の母と普通に話せたのはその日が最後だったからだ。あの時もっといろいろ聞いておけば良かったとか、もっともっと話しておくべきだったと随分悔やまれる。せめて、夫のお腹を治す方法だけでも聞くべきだった。検査しても異常がないのにいまだに調子良くはなさそうだ。

その後、母の体調はみるみる悪化していき、顎の筋肉が弱まって顎が外れやすくなっていた。何度はめていただいても、すぐに外れてしまう。大きな口を開けて唸っている姿は、可哀想で見ているのが辛かった。

医師から呼び出され、兄を連れて話を聞きに行った。口から栄養が摂れないので、胃に直接栄養を入れる「胃ろう」を勧められたが、私たちの気持ちは既に決めてあった。母が今の私ぐらいの年齢の時、私に言った。

「管を沢山つけてまで、生かさないでいいからね。胃に管で栄養を入れるのは嫌だよ。子供達に言っておかないといけないらしいから、言っておくね」と。兄もそう言われていたようだ。

その後母からの訂正がなくきたので、その言葉を医師に伝えた。医師も「ご本人がそうおっしゃっていたのでしたら、このまま点滴の栄養だけでいきましょう」と理解してくださった。

その頃のことを書いた当時のエッセイがあるので前半と後半に分けて載せておく。（後半は時系に沿ってこの章の最後に掲載）

無言のコミュニケーション

「高齢ですし、もういつどうなるかわかりませんので……」

と医師の説明を兄と二人で受けてから、私はほぼ毎日病院に通った。

母は、寝たきり状態。母の顎の筋肉は急に弱まり、顎が外れるようになった。歯科医師に来てもらい顎を何度かはめてもらったが、痰の吸引をするとすぐに外れてしまい、もう口はきけなかった。口を開けたまま話すことができず「あーあ」と唸っている日が続いていたが、それなりに状態は安定していた。そんな中、一日だけ母と最後のコミュニケーションがとれた日がある。

ほぼ毎日病室を訪ねるものの、目を閉じたまま口を開けたまま天に向かって「アー、アー」と唸っている母の姿を見ながら、私は一人勝手に話していた。耳は聞こえているかも……と思ったからだ。

私がお喋りしながら母の手を握ると、なぜか母は目を閉じたままいつも私の手をゆっくりと振り払い、手を上に向けてふにゃふにゃと変な動きをしていた。なのに、優しい看護師さんが手を握ると、顔が微かに微笑んだように見え、握り返していた。私は少しショックだった。

（娘の私より、普段優しくしてくれるこの看護師さんの方が、母は嬉しいのか……。母は、私を恨んでいるのだろうか……。どうしていつも私の手を振り払らおうとするのだろう。あまりいい娘ではなかったのかもなぁ……）

ある日、いつものように母の病室のドアを開けると、母が珍しく目をパッチリと開け、ベッドと共に上半身が起こされていた。一ヶ月ぶりに調子良さそうに見え、（なぁーんだ、まだまだ大丈夫じゃん！　点滴の栄養が頭に届いている！）とホッとした。このころ寝ているか起きていても虚ろな目だったのに、久々にパッチリと開かれた目は正気になっていたからだ。もう話さなくても本来の母かどうかは目を見ただけでわかるようになっていた。

私はかがんで母の顔の近くで

「お母さん、調子良さそうだね」

と話しながら、母の手を握った。母は、握った私の手をゆっくりと解き、私の右手を両手で掴んだ。そして、私の親指、中指、薬指、小指をゆっくり一本ずつ折り曲げて握らせていった。最後に人差し指だけをピンと伸ばさせ、私の顔に持っていき、顔右側の目の下の頬の上を、立てた人差し指で軽くゆっくりトントンと二度当てた。そして私の手を離し、またベッドに身を任せて目を閉じた。

いったいこれはなんなのか……、何が言いたいのか……、かなりの体力を使ってまでなぜわざわざ私の手を使うのか……、母の手でやってはダメなのか……、たくさんの疑問を感じながら、

「おかあさん、何が言いたいの？　意味がわからないよ。あっ、うるさいから静かにしなさいってこと？　『しーっ』の指が横にずれただけなの？　ねぇーってばー」

いくら聞いても、母は疲れきったようで、その後は目を閉じたまま何も反応しなかった。

私は、その三カ月前から市の手話入門講座に週一回通っていた。手話がしたいわけでも興味があるわけでもない。講座会場が母の老人施設や入院している病院の近くで、会いに行くついでに寄っていた。わざわざ遠くから見舞いに来ても母は寝ていて起きず、虚しく帰ることが多かったので、近くに用事があれば気が紛れるだろうという安易な考えからだ。

その母の手の動きが、その後講座で習った「試す」の手話と同じだとわかったが、母

は手話をしたこともなく、私が手話を習い出したことも知らないので、その時は単なる偶然だろうと思った。

程なくして母は天国に旅立っていくのだが、あの日は、俗にいう「天使の時間」で、神様から家族に与えられた最期の大切な時間だったと今では思っている。会話ではないが、それが意識がはっきりしている母との最期のコミュニケーションだったからだ。

母は、なんと謎めいたメッセージを残していったのだろうか。

その後、このメッセージの謎解きが永遠と私の頭の中で繰り返されることとなる。

「お母さん、いったい何を伝えたかったの？　わかんないよ！」

母が旅立つと決めた日

母の亡くなった日と、その翌日のことは鮮明に覚えている。まるでビデオを再生するかのようにその二日間はなぞるように事細かに頭に思い浮かぶが、それを無意識にし始めると辛くなるので慌ててストップをかけている。

無言のメッセージを受け取ってから一週間後、私は長女の陽織がちょっとした手術を受けるので東京の病院にいた。明日手術を受ける陽織が楽しそうに言った。

「こないだ、すごく美人な霊能占い師に見てもらったんだ。その人、テレビにも出たりして有名なんよ。それがさぁ、以前見てもらった占い師とほぼ同じことばかり言うからびっくりしたよ。お母さんも行ってみてよ」

「どうせ予約とれないだろうし、わざわざ電車を乗り継いでいくのは大変だからいいよ。東京よくわからないし、なんかもう面倒くさいよ」

そんな言葉を無視してスマホでネットを検索していた陽織が
「あっ、今日の四時半なら奇跡的に空いてるわ。キャンセル出たんだよ。すぐ埋まっちゃうから予約入れちゃうよ！」

そんなこんなで、私は四時半に、その美人霊能占い師に見てもらうことになった。多分陽織は自分のためだけに東京に出向いた、母や兄のことで元気のない私に、新しい風を吹き込もうと思ってくれたのだろう。あまり気は進まないものの陽織の優しさを無下にはできないと行ってみることにした。

東京の繁華街で占いの入ったビルを見つけ出す自信がないので、私は昼過ぎに場所の下見をしておき、時間までウィンドウショッピングに行くことにした。

案の定、地図を見ても田舎者の私にはなかなか見つけられない。ウロウロ探し回っていると、携帯電話が鳴った。病院の看護師さんから、母が危ないという知らせだ。県内にいる三女の詩乃歌と兄に電話して、至急病院に行くように頼んだ。私は慌てた。占いの当日キャンセル料金（半額）を払って、ホテルに荷物を取りに戻り、間に合った新幹線に飛び乗って帰ると決断した。

なぜ今まで気づかなかったのだろうか、探していたビルのすぐ近くに立っていた。私は急いでビルに入り、受付にいた男性に話した。

「私は四時半に予約した者ですが、場所の下見にここまで来たら、たった今母の危篤の知らせがありまして……。すみませんが、キャンセル料金をお支払いして帰りたいと思います」

声がだんだん涙声になってしまった。

受付の男性が、すぐどこかに電話をしたと思ったら、

「ちょっと待っていて下さい」と言いながら電話を置いた直後、後ろのエレベーターが開き、ハッとするような美しい女性が現れた。そして、今すぐに見てくれると言って受

付前の部屋に案内された。

「あなたが、今ここに来たのは決して偶然ではありません。私もたまたま直前にキャンセルがありました。普段この時間に予約が入っていないなんてことは滅多にないのですよ。この時間にあなたに会うのは、あなたのお父様が仕向けたことです。お父様からの伝言をあなたに伝えて欲しいそうです」

「えっ、父からですか？」

「お母様は、あなた方が心配で天国に旅立てず、予定より長く居ます」

（確かに私は「お母さん、和也さんが治って戻るまでは死なないで！」と声には出さないが、何か月も心の中で語り掛け続けてきた）

さらに女性は続けて語り出した。

「既にお父様も、苦しそうに見えるお母様も、楽な所にいるので、『自分を責めるのは、もうやめなさい！』と貴女に伝えて欲しいそうです。それを伝え聞くため、今あなたはここにいます」

涙が溢れ出た。その通りだ。私は父が亡くなってから、ずうっと、ずうっと、自分を責め続けてきた。もっと私が頑張って面倒見れば良かった……、もっと違う病院に診てもらえばよかった……、もっと優しくすればよかった……、もっと、もっと……。

「あなたはね、生まれる前に『人を助けるための人生』と決めてきたのですよ」

（あー、またそれかぁ。人を助けるほど私は優しい人間ではない！　そんなの苦手なのに……）

「今日私は軽い気持ちで、『エッセイのペンネームでも聞こうかなぁ』と思っていただけなんです。いい名前をつければ上手くなるかと……」

「筆名は関係ないですよ。何でもいいです。でも、あなたのエッセイは必ず成果が出るので、絶対に諦めないでください。止めてはダメです。六十歳から幸せに感じることがたくさん待っています。やってきたことが無駄ではなかったとわかります」

「今日は突然の変更ですみませんでした」

「いえ、謝らないで『見てもらえてラッキーだった』と思うようにしてください」

（なるほど、その通りだ。ラッキーだったんだ！　私はネガティブすぎるな）

礼を言ってビルを出ると、母の元に駆け付けた詩乃歌と兄から電話があった。大きな痰を採ったら息が楽になり、いつものようにスヤスヤと眠り出したので、まだまだ大丈夫そうだとのこと。二人ともすぐに帰らなくていいと言うし、夫も「予定通りもう一泊してくればいい」と珍しく優しいメールを寄こしたので、予定通り明日陽織を見舞ってから帰ることにした。

ホテルで休眠中の夜中の一時に、病院から母危篤の電話が入った。

「東京にいらっしゃるのはわかるのですが、お兄様にいくら電話しても出ないんですよ。誰か至急寄越して下さい。もう息も弱まっています」と、看護師さんも困り果てていた。

兄に電話してみるがやはり出ない。なぜ起きて電話に出てくれないのか？　あれほど母のことは頼むとお願いしておいたのに……。ビールを飲んで酔っ払って寝ているのか？

兄の代わりに夫と百合乃・詩乃歌が病院にかけつけたが、間に合わなかった。とうとう母は一人ぼっちで旅立ってしまった。

母の元に駆けつけた詩乃歌が電話をかけて来て

「おばあちゃん、死んじゃった……」と涙声。

「うん、行ってくれてありがとう」と私。

「おばあちゃん、まだ温かいよ。電話を耳に当てて聞かせるから、おかあさん、声かけてあげて」

「うん……。おかあさん……、おかあさんがいなかったら、私……、歳が近くて、ひ弱な三人娘を育てあげられなかったよ。子育てを手伝ってくれてありがとう……。おかあさんのお陰で、みんな立派な社会人になったよ。ありがとう……」と嗚咽しながら声を絞り出した。

（なぜ、こんな簡単な言葉を、生きている間に言わなかったのだろうか……）と後悔しながら。

兄は何度電話をかけても出ず、夫と百合乃がアパートに行って呼び鈴を鳴らしても、一階なので窓を叩いても反応がなかったそうだ。百合乃は「真っ暗な中、塀を伝って窓下まで歩いて行ったのはめっちゃ怖かったよ……」とぼやいていた。夜中にそんなことをしているのを近所の方々に気付かれでもしたら警察に通報されそうだ。

朝になってようやく兄に連絡がとれた。兄が言うには、なぜか携帯電話のブルブル振動が突然壊れて効かず、アパートの呼び鈴の音量スイッチが最小（ほとんど聞こえない）に切り替わっていたそうだ。兄はそれらの事を「いじってもいないのに不思議なんですよ。なぜだろう……」としばらく言っていた。

確かに音量スイッチは壁の高い所にあり、簡単には届かない。

母は、私と兄が駆けつけられないようにして、天国に旅立ったのだろう。私達が顔を出すと、心配で旅立てなくなるから……。兄の回復まで、旅立つのを待っていたのかもしれない。毎日通っていた私が、県外に出かけるチャンスをひたすら待っていたのかもしれない。

占い師の言葉を聞いていたお蔭で、私は看取れなかったことをプラスに捉えて後悔はしないように、自分を責めないように心がけた。

亡くなった日、東京のホテルの一室で夜が明けるまで、私は母に語りかけていた。私には見えないし感じることもできないが、母の魂は飛んで来て私を見ているに違いないと思ったから。いや、絶対に来ていると知っていたから。

「おかあさん、わざと私や兄のいない時に逝ったんでしょ？　きっとそれが、おかあさんの最期の優しさなんだよねぇ。道彦さんが迎えに来てくれたんだね。そちらで、親戚皆さんの歓迎の出迎えがあったでしょ？」

ふと母の言葉を思い出す。介護しだした頃か、もっと後だったか……、あまり真剣に聞いてなかったのでいつ言われたか思い出せないが……。

「お前たちには本当に感謝しているんだよ。いろいろ助けてくれてありがとうね」と言っていたことを。些細な何かをしてあげた瞬間の言葉と思っていたが、この時に思い出せるように母は言ったのかもしれない。

「葬式やいろいろ、兄さんを助ければいいんだよね。わかっているよ。あーあ、帰ったら大変だなぁ〜。頑張らなきゃなぁ……。お母さん、寂しいよ……」

母はニコニコと私の話を聞いていたはず。「大丈夫、お前ならできるよ」って。


葬儀が終わって、兄の闘病を書いたエッセイが奨励賞との通知がきた。母の介護を書いた二つのエッセイも、コンクールでちょっとした賞を頂いた。しかも表彰式は母が旅立ってから初めて迎えた母の誕生日。私は関西へと表彰式旅行ができ、母からのプレゼントに違いないと思った。二人の占い師が言った通り、自分に起きたことを書いたら、ちょっとだけ評価してもらえたようだ。

それにしても、兄と母の危篤時に、偶然二度とも占い師に会っていたなんて……。私の人生で霊能力のある占い師に見てもらったのはこの二人だけである。二人の占い師は有能なカウンセラーだと思う。彼らの言葉で救われ、自分の人生の役目だと思えば乗り越えられた。書くのを止めかけたエッセイを、諦めるなと復活させてくれた。今は「書くことで心の整理がつくことがある」と感じている。

亡き母を偲んでの旅

母が亡くなってから雑務に追われていたが、四十九日までにどうしてもやっておきたいことがあった。それは母の故郷である長野に行き、母のご先祖様の墓に「母がそちらに旅立ちました」と報告すること。それを書いた当時のエッセイである。

地元の駅前から朝一番の高速バスに乗って、長野駅前に到着した。長野に行きたいという私の突然の思い付きに、春に嫁いだばかりの三女の詩乃歌が付き合って同行してくれた。

十一月中旬の我が家の地は、もう冬の気配が漂いぐずついた天気が続いていたが、降り立った長野はきれいな青空で清々しく感じられた。

まずは、事前にインターネットで調べておいた花屋に迷いながらもたどり着いた。女性店員さんに、赤や黄・ピンクの色とりどりの花を使って、明るく可愛いらしい墓用の花束を二つお願いした。母方のご先祖様達に「可愛い子孫達が遥々来たよ」と、お供えする花で気持ちを表現したかったからだ。

タクシーでお墓がある菩提寺に向かった。

先ずは、お寺の奥様に挨拶。

「母が三週間前に亡くなりました。ずっと長野に行きたいと話していたので、魂はもうこちらに来ているかもしれません。祖父母のお墓にお参りさせて下さい」とお布施をお渡しした。お寺の奥様にお会いするのは二度目。去年、寝たきりの母に頼まれて墓参りに来たのを覚えて下さっていた。

「そうね、骨はあちらでも、魂はきっともうご実家に会いに来てるわね。女性は最後には実家が恋しくなるのよ」と、私の言いたいことを全て汲み取って下さった。

宗教には詳しくないが、他界した人の魂は四十九日まではこの世をうろうろしているという。母はまだ私の周りにいると信じて長野に連れてきた。いや、母は先に来て、私が来るのを待っていたかもしれない。

母は生まれてから父と結婚するまでは、長野駅近くの実家に暮らしていた。善光寺の裏には母の通っていた高校があるそうだ。母にとっては大切な故郷である。

母が亡くなる少し前に、

「おかあさん、どこか行きたい所ない？　今度調子良くなったら一緒に行こうよ！　どこにしようか？」と聞いたら、母は苦しそうに言葉を吐いた。

「ぜん…こう…」

「善光寺だね。良くなったら一緒に長野に行こう」と私が言うと、「う…ん」と諦めたようなかすかな声を発した。

私も、長野という答えが返ってくることは承知していたし、もう生きている間に叶えてあげるのは難しいとも思っていた。だが、どうしてもその約束を果たしたいがための長野日帰り旅行である。

菩提寺の広大な墓地は山の傾斜地にあり、たくさんの墓がひしめき合っている。一年前に来たときは、なかなか見つけられずにお寺の奥様に墓地図をお借りしてようやく見つけ出した。墓の場所を忘れまいと覚えて帰ったはずなのに、またしても見つけられない。娘と手分けして探し、ようやく見つけ出した墓に、色鮮やかな花を添え、花の香りがする線香に火をつけて置いた。私は墓に柄杓で少しずつ水をかけながら、祖父母に話しかけた。

「おばあちゃん、おじいちゃん、お母さんがそちらに行ったでしょ？　よろしく頼むね。五年間もほぼ寝たきりだったからさぁ、今頃は解放された嬉しさで気分が浮かれちゃってるかもねぇー」

涙で声が詰まった。

「今日はね、もう一つお願いがあるんだ。兄が病気してね、お母さんを看取るまでは死ねないと頑張ってきたんだけど、お母さんそちらにいっちゃったら、がっくりして元気ないのよ。独身だから支える妻子もいないしねぇ。妹の私だけじゃ難しいよ。お願い、どうか、兄に生きるパワーと生き甲斐を与えてね。守ってあげてよ。頼みますね」

無機質な墓に涙ながらに語り掛ける私をどう思っただろうか。詩乃歌は黙ってただただ墓を眺めていた。

墓参りを済ませ、歩いて十分ほどの善光寺に向かった。長野は私もよく祖父母に会いに来た地である。住んだことはないが、小中学校の夏休みには毎年長期間滞在していた。父が転勤族で、物心ついた頃から一～二年おきに引っ越しを繰り返してきた私には、故郷のように懐かしさを感じる地である。とくに善光寺は、長野に来ると祖父母と必ずお参りに行った。何十年経とうが、祖父母との思い出がたくさん蘇ってくるお寺である。

善光寺参道に立ち並ぶ店で、母の代わりに母の好きだった野沢菜のおやきを食べてみたら、特別に美味しくて懐かしさを感じた。私が子供の頃は、祖母と曾祖母がよくおやきを作ってくれたものだ。売り物と違って、大きさも形もまちまちで笑えたが、出来たてで美味しかった。今では大切な味と、楽しい思い出となっている。

詩乃歌は、たくさんの種類がある御朱印帳の中から気に入ったものを買い、私は帰ったら母のお墓に報告する時に添えようと善光寺のお線香を購入し、その場を後にした。

善光寺からゆっくり散策しながら長野駅に向かう途中、私は知らず知らずのうちに、昔の街の様子を娘に語り続けていた。

「このあたりに布屋さんがあってね、洋裁好きなおばあちゃんとよく布を見に行ったのよ……。この辺に昔おばあちゃんの家があったんだよ。もうビルばかりだね。ここはね……、ここはね……」って。こんな昔話が面白いはずもなく、娘は「へぇー、ふーん」と空返事を繰り返していた。

母が亡くなった直後から、病後の兄を支えながら奔走していた私を手伝ってくれていた詩乃歌も、そろそろ疲れが出るころである。

それにしても、なぜ今日は何もかもがこんなにも懐かしく感じるのだろうか……。懐かし過ぎて目頭が熱くなりっぱなしだ。

（あー、そうか！　母は私の身体を通して、最後にこの地を見て味わって懐かしんでいるのかもしれない）と思えてきた。

「おかあさん、遅くなったけど約束果たしたよ。長い間の寝たきり闘病生活お疲れさま。痛くてつらかったねぇ……。昔のように若くて綺麗な姿に戻って、自由に飛び回ってね。でもやっぱり淋しいな……、もう会えないなんて寂しい……。おかあさん、ありがとう」

心の中で母に語りかけながら、帰りの高速バスに乗り込んだ。

親が旅立ってから思うこと

母が亡くなってから、とめどなくいろいろな思い出が蘇ってくる。

私には歳の近い三人の娘がいる。第二子の妊娠中は初期から入院安静を強いられ、産後も体調が悪くてなかなか退院ができなかった。一才の誕生日もまだ迎えてない長女の陽織を、母に一年間預けて育ててもらった。その後も母に助けてもらいながら病弱な子供達をなんとか育て上げることができた。つまり母の助けがなければ、三人を無事に育て上げられたかどうか……。

当時の私は、孫の面倒を見ることは、おばあちゃんにとっては嬉しいことであり楽しみなことに違いないと思って疑わなかった。母に喜びを与えているとさえ感じていた。だが、いざその立場になり、孫の世話をして気付かされたことがある。孫はもちろん何よりも愛おしい存在ではあるが、歳をとってからの幼子の世話は体力をかなり消耗し結構疲れる。自分がかつて子育てをした頃のように、身体がテキパキと動いてはくれない。さらに孫を預かったら、ケガをさせずに無事に親に返すまではなんとなく緊張していて、孫から目が離せない。それでも頑張って孫を見るのは、子育てに奮闘する娘を助けてあげたい、一時だけでも楽に過ごさせてあげたいという母としての思いである（あくまでも私の場合）。

私が風邪を引いたりすると、母は大きなリュックを担ぎ電車を乗り継いて、遥々手作りのお惣菜を届けにきた。お惣菜の沢山入った袋の脇に、封筒が度々入っていた。開けると「たまには自分のものを買いなさい」とか「体調悪いならこれで医者に行きなさい」とあり、一万円札が一～二枚必ず入っていた。三人の子供達にお金のかかる時期は、私のストレスを母は察して心配していたのだろう。

クリスマスや私の誕生日は、ささやかなプレゼントが必ず用意してあり、私は当たり前のように受け取っていた。

プレゼントは母がボケる直前の、私の五十三歳の誕生日までもらい続けていたのに、いったいそれがなんであったのか思い出せない。

私はなんて愚か者だったのか。母が亡くなってからようやく気付かされた。「心配してくれる人」の大切さを……。もういないんだと……。

友人・知人でも、病気となれば心配してくれる優しい人はいるだろう。でも、一時的なもので、家族ほどには踏み込めない。それ以上はこちらも遠慮するし、相手も「もしかしたら迷惑かも……」と思う。嫌がられても踏み込んで心配してくれる存在は、本当に限られている。母の心配を当たり前のように感じ、時には面倒にも感じていた。それが今皆無となり、私は至上の淋しさと孤独を感じている。私が体調を崩しても、もう母ほど心底心配して飛んできてくれる人はいない。私が落ち込んでいても、察して、わかって、立ち直りを祈ってくれる人もいない。

「大した物じゃない」と思っていたプレゼントも、誕生日に何ももらえない状況とは大違いで、ありがたい物だった。

全て母の無償の気遣いで、母が娘の私を思う「愛情」だった。

もっと感謝の言葉を言うべきだった……、もっといろいろしてあげればよかった……、後悔だらけである。


母が亡くなった日のちょうど一年後、私の家族と兄だけのささやかな一周忌を執り行った。

その一周忌の日が近づくにつれ、私の気持ちはどんどん沈んでいった。一周忌は、なぜか葬式よりも悲しいものだと思う。葬式や四十九日は余計な事を考える暇がなく、バタバタと慌ただしく終わった。その後は、実家の片付けや雑務に追われてきたが、一周忌の頃にはほとんど落ち着いてきたからだ。

気持ちが沈む一番の原因は、「胃ろう」の治療を断ったことである。母が余計な治療を断る旨を私たちに語っていたのは、切迫感のないまだ元気な頃の話だ。最期はどう思っていたのだろうか……。

「子供たちに言っておかなきゃ！」と母は言っていたが、紙に書いておいてくれれば、どんなにか気が楽だったことか。その紙を医師に見せるだけで、私は余計な言葉を発しないで済んだはずだ。そんな思いに取りつかれてしまった。

そして、一周忌は「本当にいないんだ。もう二度と会えないんだ」と再認識してしまう。

さらに、もっと旅行に連れて行けば良かった。本当は母は寂しかったのではないか。最期にあんなに苦しんで可哀想だった。誰も看取れなくて悪かった。もう一度会って話がしたい……等々、回顧と後悔が津波のように押し寄せてきて、私の精神は日に日に打ちのめされていった。一人でいると涙が自然と流れてしまう日々。姉妹のいない私は、内緒話や愚痴話を聞いてくれる人は母しかいなかったと、失って初めて気付かされた。孤独と淋しさで、できれば母と一緒に天国に行きたかったとさえ思えていた。

元気回復の夢

一周忌が間近に迫ってきた頃、天国の母の楽しそうで色鮮やかな夢をみた。それは綺麗でおとぎ話のようなハッピー感が漂っていた。その夢を見たお陰で、私のマイナスな思いが一気に吹っ切れた感じがする。その夢を書いておきたい。

夢の中の母は、八十四才から二十才代半ばの若くて綺麗な姿に戻っていた。でもなぜか身長は五十センチくらいで、リカちゃん人形を大きくしたような感じ。白い着物に、頭には花嫁の角隠しをしている。

ふと見回すと、紋付袴を着た三十歳くらいの優しそうでちょっと素敵な男性が微笑んでいた。男性は普通の身長だ。

（あー、そうか……。これは天国にいる母の結婚式か。あの男性と結婚するんだね。でもなぜ母だけ小さいのだろうか？）

二人は並んで犬小屋くらいの大きさの神棚のようなものに向かって立っていた。私は後ろの親族席のような椅子に腰かけて見ていた。

（式が始まるのかなぁ……）と思った途端、小さな母は走り出し、その神棚のようなものの中に駆け込んで姿が見えなくなった。次の瞬間、バキバキッと音がした。なんと、中で普通の人間の大きさになった母が、小屋内にパンパンになって身動きがとれないでいる。私は慌てて母の元に駆け寄り、力ずくで屋根をバリバリと剥がし、そこから出るのを手伝った。

出て立ち上がった母は、角隠しはそのままだが、色鮮やかな色打掛を羽織っていた。濃い綺麗な蛍光水色の地色でラメがキラキラと光るきらびやかな生地に、実物大の白いゆりの花が沢山散りばめられている。その中に、ところどころ淡いピンクのグラデーションの入ったゆりが、配置された絵柄だ。

（わぁー、なんて奇想天外なお色直しなんだろう。まるでマジックショーだ。それにしても綺麗な色打掛だなぁ。こんなハイカラな柄の色打掛は見たことがないわ。お母さん綺麗だなぁ……）

華やかな色打掛姿になった母は、一目散に花婿のところに駆け寄って、キラキラ恋する乙女のお目目と微笑みで花婿を見つめていた。久々に会う娘の私を全く見ようともせず、花婿さんに夢中だ。やれやれ……と思う反面、私は安堵感でいっぱいになっていた。

目が覚めた。綺麗な色打掛の絵柄がはっきりと蘇り、頭から離れない。

そういえば、数日前に三女の詩乃歌がラインで写真を送ってよこした。おばあちゃんの家から持ち帰った細めの花瓶に、白にうっすらピンクのグラデーションが入ったゆりの花が挿してある写真。詩乃歌は、花が好きだったおばあちゃんのために、時々玄関に花を飾っている。おばあちゃんの魂がいつ会いに来てもいいようにとのことらしい。私にも時々ラインでその花の写真を送ってくれる。ゆりの写真を見た私は、「おばあちゃんは、ゆりの花が好きでよく飾っていたよね」と返信した。その映像記憶が、夢の中のあの色打掛の絵柄に反映されたのだろうか。

他人が聞けば支離滅裂でつまらない夢だが、心の元気を失った私を救うには充分な、天国の母からのメッセージだった。夢は私の脳の創作物かもしれないが、私は母を感じた。

「いつまで泣いてんのよ。いい加減クヨクヨするのは止めなさい。私はこっちでもう幸せに暮らしてるのよ。悪いけど、もうお前を心配してる暇ないの。そっちはそっちで、残りの人生をおもしろ楽しく生きていきなさい」と、母が言っているような気がした。

あの打掛の華やかな絵柄を思い浮かべると、私の心がちょっとずつ明るくなるような気がした。

私は、その日起きてすぐに実家近くの墓に向かって車を走らせた。白いゆりの花とピンクのグラデーションのゆりの花を墓に添えながら、私は母に言った。

「お母さん、結婚おめでとう。顔忘れちゃったけど、優しそうな旦那さんだね。おかあさんの言いたいことわかったよ。ありがとうね。前に進めるようにがんばってみるわ」

帰宅して詩乃歌にメールした。

「夢の中のおばあちゃんは、しのちゃんが飾ってくれたゆりの花がちゃんとわかっていたみたいだよ。いつも花を見に来ているんだね。花を飾ってくれて、ありがとう」

後日、東京の長女の陽織が熱を出して、一周忌に行けないと連絡が来た。私は陽織に「それなら部屋にお花を飾っておばあちゃんを偲んであげて」とメールした。

一周忌の日、長女から写真メールが届いてびっくりした。

蛍光のラインマーカーのような色鮮やかな水色の花瓶に、ピンクのグラデーションの大きなゆりの花が一輪活けてあった。

（あっ、まるで母が着ていた打掛のようだ……。長女には夢の話をしてないのに……）

私はすっかり忘れていたが、母の形見に長女が持ち帰ったちょっとお宝的花瓶だった。

それは以前母が祖母の形見として持ち帰り、使うことなく大事にしまっておいたものである。

（そうか……、この花瓶の色だったのか）

陽織からの写真を見て、「やっぱり夢は母からのメッセージに違いない」と確信した。

無言のメッセージの解釈

母が亡くなってからずうっと、母の無言のメッセージ（私の右手の指をゆっくり一本ずつ折り曲げて握らせ、最後に人差し指だけをピンと伸ばさせ、私の顔の右目下の頬の上を、立てた人差し指で軽くトントンと二度当てた）は、いったい何を言いたかったのかを考え続けてきた。

思いつくのはいくつかある。

①「うるさいから静かにしなさい」の指がずれたのか？

②「目には目を！」で、至らない娘を恨んで、「お前も同じ目にあうよ」と言っているのか？

③未来がわかる母が「目には気をつけなさい」と、目の病気かケガを警告しているのか？

④わざと謎を残して天国に旅立ち、私にこのエッセイを書かせようとしたのか？
⑤やはり手話だったのではないか？

母の真意がわからないまま、母の行為が脳裏に焼き付き何度も何度も再生されてきた。いつか天国に行った時に母に聞いてみるしかないと思いつつも、決着をつけるために自分なりに勝手な解釈をして脳内映像再生を停止させることにした。

人差し指トントンは、やはり手話の「試す」なのだと思う。

母は自分が旅立ったら、私が孤独感を感じ落ち込むことを、私以上に察しがついていたのではないか。母親だから娘の淋しがり屋の性格は十分理解している。私におしゃべりや愚痴を聞いてくれる人が、身近にいなくなることもわかっていたはず。私自身は事前には全く想像もしていなかったことなのだが……。そんな娘が心底心配で、話のできない母は必死に立ち直るための言葉を伝えようとした。

「試す」で思い出す母との会話がある。

今から十数年前、子供達が大学進学などで全員家を離れてしまい、淋しさから「空《から》の巣症候群《すしょうこうぐん》」のような「プチ鬱」になった時があり、母が私に言った。

「鬱々してないで、いろいろ試して自分に合った趣味を探さなくちゃ！　楽しいことが見つかるまで次々と挑戦してみればいいんだよ。興味がないと思っている中に、意外と得意なことがあったりするから」と。

この言葉を何回か聞いたような気がする。ちなみにその頃始めたのが木目込み人形で、当時は結構はまった。きっとまた、同じことを言っていたのかもしれない。なるほど、私と違って母は多趣味な人だった。

さらに一周忌が近づくにつれ、当時のことをあれこれ回想していると、再度ハッと気付いたことがある。

母は、もっと前から手話で伝えようとしていたのではないか。私が母の手を握り声をかけると、母は私の手を振りほどいてふにゃふにゃと手を動かしていたのは、声で私が会いに来たのを知って、私に向かって何かを伝えようとしていたのではないだろうか。当時の私は手話歴三カ月で、まだほとんど分かっていなかったし、ゆっくりくにゃくにゃとした手の動きが手話らしくなく、それだと気付かなかったのではないか。人差し指を母自身の顔に何度か当てているのを見て、目を指さしているのかと思い、「目がおかしいの？」と聞いたことがあったのを思い出した。

全く気付かない私になんとか伝えたいが、死が迫っていると自覚していたのだろう。最期の残りの体力を振り絞って、私にあの手話をさせたに違いない。「試す」の手話が、いつか必ず私が理解する日がくると信じて。

母が手話を知っているとは聞いたことがないし、興味さえないと思い込んでいた。だが、さらに思い出したことがある。三十年ほど前のこと、二歳の次女の百合乃が重度の難聴と診断された。その時「手話を覚えなくちゃね！」と、母がポツリと言った。一カ月後に手術をし、内耳に詰まっていた松ヤニのようなものを全て取り除いたら、生活に支障のないごく軽度の難聴となり、健聴者となんら変わりなく成長できた。そのため、母のその言葉も私の意識から消え去っていた。だがもしかしたら、孫娘が心配で、母が手話のテレビを見てこっそり勉強していたとしてもおかしくない。本当はどうなのか……？　天国に行ってしまった母に、真相を聞けないのが残念である。

もし私が手話を習っていなかったら、母の思いは永遠に分からないままだ。私が手話を習い始めたことは話してないのに、なぜ母は伝わると思ったのか……？　きっといつか習うと思っていたのか……？　やはり全てに謎が残る。

六十才間近で始めた手話はなかなか覚えられず、同じ講座を受けている若い人達のような上達は感じられない。ついていけずに落ち込むことも多く、行きたくない日もある。母に会いに行くついでに講座に立ち寄っていただけでもともと手話に興味はなく、母が他界した時点でいつ辞めてもよかった。母を見舞うついでもないのに辞めず、その後次の段階の講座に進み、半年間休まずに往復一時間半かけて通っていた。母のあの「人差し指トントン」の行動が脳裏に焼き付いていて、諦めかける度に記憶が蘇り（違う解釈がわかるかもしれない……。もう少し続けてみようかな……）と思えたからだ。週一回一年間通ったお蔭で、本当の病的な鬱にならずに済んだのかもしれないし、自分勝手ではあるが母の思いが解読できたのかもしれない。

そうして迎えた一周忌。お寺の仏様の横に飾る大きな花束二つと、お墓に飾る花束二つを、前日百合乃と二人で作った。ピンク・黄色・オレンジ・赤等々、沢山の花を二人で抱えて買って来て、祝い事のような豪華で楽しそうな花束を作った。

花が大好きだった母は、毎日家のあちこちに花を生けていた。豪華な生け花も得意だったが、庭に咲く四季折々の花を何気なく素敵に飾るのが得意な人だと、子供の頃から見て感じていた。娘達もそう思っていたらしい。秋の果物をいろいろ買って来て、彩りよく籠に並べセロハンを貼ってリボンをかけた。

「まるでお誕生日会みたいで、お寺の住職様に呆れられないかしら?」

と、娘と笑った。今さら遅いが、感謝の思いを天国の母に伝えようと準備していた。

淋しさは変わらないが、時間をかけて母の思いを受け取れたことで、心の中がホッと温まったような感じがしている。

それにしても母親というものは死の間際であっても、こんないい年をした娘の心情や行く末までも心配しているものなのか。私は、母のようには到底なれないと思う。

全てが私の勝手な解釈かもしれない。それでもいい。私の心がようやく温まり、先に進もうと思えてきたのだから。

もし母の行為のメッセージが解読できる方がいらしたら、ぜひ教えて下さい。お願いします。

第四章　この本を書きながら

ボケについて思うこと

「ボケ」とか「認知症」と括られているものには、大きく分けて二種類あるのではないかと母や兄を見てきて感じている。

一つは、「老化や病気での脳の劣化や萎縮による誤作動」で普通に認知症と呼ばれているもの。食べたことを忘れたり、家族がわからなくなったり等々。（ちなみに母は脳専門医にＣＴや問診で診て頂いて、アルツハイマー病でも認知症でもないと診断されている）

もう一つは脳の劣化ではなく、上手く表現できないが、「意識もしくは魂の広がり」のようなイメージ。

この世での命が終わりに近づいてきた魂や、極度の痛みや苦痛を耐え切れず逃れようとする魂は、（母や兄のように）いろいろな縛りがとれて身体から解放されるのではないだろうか。身体から離れた魂は、時空を飛び超えて行きたい場所や過去や未来に行き、様々なことをのぞき見たり、体験したりしてくる（その間の身体には別の存在が入ることもある）。

旅立ちが近づいてきた魂は、この世に未練を残さず、旅立つことへの恐怖を持たず、この世を手放すための準備（もしくは練習）をしている。

見送る家族にとっても、「こんなにボケてしまったのだから、もう天国に行くのは仕方ないよねぇ」と、だんだん諦めがついてくる。

きっと母は、母が旅立つ時の私達の悲しみを少しでも和らげようと、頑張って飛び回ってボケてくれていたのかもしれない。実際、そのお陰で私や兄の諦めが徐々についていったように思う。

「ボケ」は、母が旅立つためにも、私達が母を天国に見送るためにも、絶対的に必要なものだったように思う。もしかしたら、天国に向かう母は、いつまでも子供のような私を自分から切り離すためにわざと「ボケ」てくれていた……、母の最期の愛情だったのかもしれない。

今思うと、母は見える物、聞こえる物等を事細かに私に報告してくれていた。時には「私だけ見えるのかもしれない…」と言葉を添えて。とにかく私には話しておかなくちゃと待っていた日もある。好奇心をもって聞く私には、話しやすかったのかな。病気前の母は超常的な不思議話が大嫌いで、かなり現実的な人だった。だからなおさら、これはただ事ではないと私は真剣に聞いていたのだ。

この思いを更に深めてくれたのが、兄の脳出血による「意識（魂）の旅」だ。そして意識が中国などを旅している間に、兄の身体には別の人格が現れるという現象。兄の闘病は、傍から見ていても苦しいものだった。意識が身体を離れたのは、心が破綻しないための救いだったと思う。その間のことを全く覚えていないのは、非常にありがたいことである。

意識とか魂とか、こんな突拍子もないことを書いていると、常識ある人には嫌がられるだろう。実際、知人に何気なく話して軽蔑するような目で見られたり、「あり得ない！」と完全否定されたりしたことが何度かある。きっとこういう話はタブーなのだろう。だが、母や兄の出来事を書いたものは、時々エッセイコンクールで微かな評価を得ることから、同じようなことを経験し共感してくれる人は、口には出さなくても意外といると思った。それが審査員の中にもたまにいるのでは……。

一言付け加えておくと、母も兄も普段はおかしなことを言うような人格ではなく、特殊能力があるわけでもなく、いたってまじめな凡人である。

兄の回想話

年末、母の一周忌以来三年ぶりに家族全員が集まって会食をした。娘達三人、その配偶者達二人、私の兄、そして私達夫婦だが、三年前と違うのは孫が二人加わったことである。

この三年間は、コロナウイルスの影響で全員集合する機会が持てなかったが、デルタ株とオミクロン株の狭間で、県内感染者が減った時点で企画し集まることができた。

特に兄には、私以外は三年間誰も会っていない。私も用事があって二回、短時間会っただけだ。四年前に脳出血した兄は、その後社会復帰し一人でアパート生活を送ってきた。病後で予防接種を受けていない兄にコロナウイルスに感染させてはいけないと、会うことがはばかられた。私もコロナ禍での娘二人の出産が相次いだので忙しかったこともある。

今回の目的は、二年半ぶりに長女が東京から帰省したこともあるが、兄に両親の代わりに孫達を見てもらいたいことと、独身で一人暮らしの兄に「決して独りぼっちではないからね」ということを知っておいて欲しかったからである。

兄はいつもながら口数少なく、みんなの様子を見て聞いて少し微笑んでいるだけだった。そして、四年前までのお正月と同様に、娘三人と私にお年玉を手渡してくれた。そして今回は孫達にも。

二時間ほどで店を出て解散し、娘二家族は幼子がいるので早々にそれぞれの車で帰って行った。兄がタクシーを待っている間、雪と寒さをしのぐために夫の車で暖を取ることにした。夫の車には長女の陽織も乗っていた。こんな日に限って雪で道路上の車の流れが悪く、しばらくタクシーは来そうにない。私は雪を見ながら話し出した。

「四年前、和也さんが実家で倒れていると警察から電話があった時さぁ、数日前からドッカドカと雪が降っていて、私の車は完全に埋まっていたんだよねぇ。タクシーを呼ぼうと電話したけど大雪で断られてしまうし、途方に暮れたよ。結局、人に送ってもらえたからなんとか行けたけど……。積もる雪を見ていると、その時のことを思い出すんだよねぇ……」

「おじさん、二昼夜も倒れていて全然覚えてないんだよね？」と陽織が聞くと
「そうですね、全然覚えてないです。あっ、そう言えば一つだけ、救急車に運ばれる時に、従妹のひさ子さんが心配そうに見ていて『あれ、なんでここにいるんだろうか？』と思ったんですよ」と兄。

私が行き着くには時間がかかりそうなので、兄が倒れた実家近くに住む従妹に電話して、とにかく先に行ってもらったのだ。救急車に運び込まれる兄を見守っていた従妹の顔が、目に焼き付いていたようだ。その後駆けつけて救急車に同乗した私や次女のことは全く覚えていないというのに……。

「でも、不思議な夢を見たのは、はっきりと覚えているんですよ」と兄が言った。

「なになに？　どんな夢？」と興味をもって聞く私と陽織に、兄は二つの夢について話し出した。一つ目は、

「森の中を大勢のゾンビ達が、ぴょんぴょんと跳ねながら前に進んでいくんですよ。私も何だろうと思い、それについていったんです。しばらく行くと左側に原っぱがあり、

急にみんなそちらに曲がっていったんです。森はまだまだ続いているのに、なぜかそちらには行かずに曲がったのですよ。原っぱには白い大きな平屋の建物があり、みんなぴょんぴょんと入って行ったので私もついて行きました。中にはたくさんのベッドがあり、ゾンビ達が次々と空いているベッドの中に飛び込んでいきました。私も空いているベッドに入り込み、目を開けたら看護師さんがいましたよ」

その話を聞いて、私は思わず

「それ、集中治療室じゃないの？　私も和也さんに会うために初めて集中治療室に入った時、すごく驚いたんだよねぇ。広い部屋にいくつもの区切りがあってそれぞれにベッドがあったからさ。私の集中治療室のイメージとは違ったんだよねぇ」

陽織が冷静に話す。

「おじさん、それって、そのままますぐに森を進んでいったら、あの世だったかもしれないの？」

「そういうことだと思います。そのまま先に進めば、三途の川とかがあったのかもしれませんね」と兄は笑った。そしてもう一つの夢を語り出した。

「男性が、私を病院の前に連れて来て『これから戻るから』と言ったのです。一緒に病院に入り、一緒に病院のエレベーターに乗って上がり、ある病室の前に行きました。そして中に入ると、私が寝ていたんですよ。私自身が……です。そして体の中に戻りました。不思議なんですよ。ホント不思議なんです」

「その男性って何歳くらいなの？」と私。

「四十～五十才くらいですね。知らない人ですよ」

その時、タクシーが店の前に停まった。私は急いで車を降り、タクシーに駆け寄って「今来ますから」と運転手に告げた。兄は夫や長女に礼を言ってから、ゆっくりと歩いて来てタクシーに乗った。そして兄とは別れた。

普段物静かな兄が、この時だけ珍しく嬉々として語った。病後、魂が中国をさまよった話は聞いたが、この話は初めて聞いたので、私の心の中に余韻が残り、帰りの車中はずっと取り留めもなく考え続けていた。

（兄は、この話をするのに四年もかかったんだなぁ……。退院後アパートに一人ぼっちで不安じゃなかったのかなぁ……？　なぜ兄はこの世に戻されたのだろうか……？　私が『お母さんより先に死なないで！』と語りかけ、神に祈り続けたからか……？　他に何かこの世でやり残した事があるのだろうか？　もしあの時兄が旅立っていたら、その八か月後の母の死に、私の精神が耐えられなかっただろう。兄は、母を天国に見送るために戻ってきたのかもしれない。それは私のためでもある）
生前ボケている母が「和也の後ろには男の人と女の人がついて歩いてて、二人は和也を助けている」と度々話していた。その男性が兄を病室まで送ってくれたのだろうか？
もっと、もっと聞きたかったな……と、タクシーを待つ短時間であった事が悔やまれた。兄に会ってまた詳しく聞こうと思っていたのに、年が明けたらまたコロナ蔓延のニュースが流れている。またしばらく兄には会えそうにない。とにかく元気でいて欲しいと願っている。
兄の後ろにいるという母にしか見えない二人に、「どうか兄を守って下さい」といつも祈っている。

空き家と兄

兄には奇跡的に大きな後遺症はなかったが、一つだけ困ったことがあった。兄は倒れていた以降、実家の中に絶対に入ろうとしない。入るように連れて行っても家前で突然具合が悪くなり、家の中に入れるのは断念せざるを得ない。無理強いしようものなら涙を流す。

表面意識では記憶が全くないのだが、奥深くの潜在意識では、自分の身に起きた何かとんでもないことを記憶しているのだろうか？　それは、パニックにしてしまうくらいの恐ろしいことなのだろうか？　それとも、思い出さないように自己防衛本能が働いてパニックを起こさせ、中に入らないようにコントロールしているのか？　解明できない謎である。

実家は父が亡くなった時点で、兄が退職後にリフォームして母と暮らすつもりで兄の名に名義変更したのだが、兄は病気となり母も天国に旅立ってしまった。あの日以来、広い敷地と家の管理ができなくなった兄に代わって私が草取りや木の剪定の委託手配等をしてきたが、私ももう疲れていた。兄の心が家を拒否するのだから、家があってはいつまでも兄が立ち直れないような気がしていた。家の管理に困惑している私を見て兄も「管理できないので家を売るしかないですね」と言い出したので、私と夫が不動産屋に売る段取りを整えて手放す準備を進めてきた。だが、いざ契約となるとなんだかんだと理由をつけて、いつも土壇場で不動産屋に行こうとしない。そんな状況が何度か続き夫にも申し訳ないが、妹の立場なので私も強く言うことができず、その度にがっかりし、うなだれてきた。

兄はこの三月、六十五才で定年退職となった。病後四年間、よく最後まで頑張って働き続けたと思うし、会社にも感謝したい。私は、兄が全てのトラウマを消し去り、実家を売却したお金で住みやすい場所にマンションでも買って楽しい第二の人生を送ってもらいたいと願っている。大変だった介護生活や闘病生活は全て忘れて、趣味を見つけて明るく楽しく生きていって欲しい。ただそれだけだ。

兄妹とは年が近い分、親子以上に一生逃れられない縁なのだと痛切に感じている。兄に何かあれば、どうしても調べ尽くして私に連絡がくる。私以外にいないのだから仕方ない。

逃れられない縁を感じているのは、兄も同じであろう。身体や生活状況を心配し過ぎる妹の私が重荷のようで、私と距離をとりたいと感じているのではないだろうか。もちろんそんなことを口に出して言うような人ではなく、いつも感謝の言葉を口にするのだが、兄妹だからなんとなく感じる。私が姉とか兄の立場だったら、また違ったのかもしれない。

結婚しないで自由に生き、二十年くらい前は「退職後は関東の好きな所に住んで、窯を作って陶芸でもしながら暮らそうと思っています」と意気揚々と語っていた兄。神様は兄に思いもよらぬ試練を与えたようだ。それは闘病を助けてきた私にも思いもよらぬ試練となった。兄が乗り越えて頑張ってくれれば、私にとっても光となるに違いないのだが……。

先日、実家の最後の片付けを夫や娘達としていたら、兄がそろりそろりと家の中に入って来て、感慨深げにゆっくりと家の中を見回していた。その場にいた誰もが「えっ！」と思ったに違いないが、平静を装って片づけを続けていた。ようやく兄の脳がトラウマを解消しだしたようだと感じた。

後日、兄は契約書にサインし、家と土地を手放した。私自身、実家を失くしたことをいまだに淋しく感じている。両親にも申し訳なくて「ごめんなさい」と謝りたい気分になっていたが、意外にも兄は私のような感情は一切ないそうで清々しい顔をしている。兄は手放してすっきりしたようなので、私の判断は間違ってなかったと自分に言い聞かせている。

兄に「ボケについての本を出すよ」と報告すると、兄は「本当に母のボケは不思議でしたねぇ。『四つ足の人間がおまえの部屋に入って行ったが大丈夫だったか?』とか、『小さな子供が二人来て、これから葬式に行こうと言うから行ってくる!』とか、不思議なことばかり言っていましたよ」と語った。今まで兄の口から母のボケ話を聞いたことがなかったが、改めて考えてみれば、兄も母と過ごした時間は決して短くはなく密だったので、不思議を感じたことは多かったかもしれない。

兄が倒れているのを感知した占い師に、五年ぶりにオンフインで兄の事を聞いてみた。「それだけの病状で後遺症がほとんどないという方は稀にいます。そういう方は、この世で何らかの役目が必ずある人です。お兄さんは、今は休んでいるだけです。半年後くらいから活動しだすと思いますよ。助けるのは会社や大学の先輩や後輩。あなたは干渉し過ぎずちょっと離れて見守って下さい」とのこと。現に兄はこの春五年ぶりに友人と再会し、ちょっとだけ動き出した。

今後は心配し過ぎる心を抑えて、兄の底力を信じて遠巻きに見守っていこうと思う。兄のことを守ってくれる存在が必ずいると信じて。

私もそろそろ前に進もうと思う。母が倒れてから、父が他界してからもう十年目。兄が倒れてから、母が旅立ってからもう五年が過ぎた。長い間心が引きずられ過ぎて、いつの間にか年を重ねてしまった。立場がもう両親に近づいてきて、娘達からボケないかと心配されていることがちょっと切ない。

お母さん、なんとか本が書き終わりそうだよ。いろいろ不思議体験を話して聞かせてくれてありがとう。楽しかったよ。

孫達の不思議な言動

最期の校正の最中で「これは書き足さねば！」という思いに駆られて、本としては不自然な形ではあるが記しておきたい。

三女の詩乃歌の男の子（一才一か月）が、最近ちょっと不思議な行動をとる。壁の天井近くの上層部に向かってニコニコと手を振り、お皿にのっている卵ボーロの一つを取ってそちらの方に「うっうっ」と言いながらかざす。多分、「はい、これあげるよ」

という感じで、誰かに卵ボーロを渡そうとしているのだ。
「そこに誰かいるの？」と聞くが、まだまだ言葉は発しない。その代わり、またニコっとそちらに手を振っている。
次女の百合乃の女の子（二才七か月）は、年齢の割にお喋りが上手なのだが、最近不思議な事を言い出して、その内容に娘夫婦は困惑している。百合乃が送って来たラインの文をそのまま載せる。
今朝の話。パパが起床。
孫「パパダメ！　来ないで！　まだ寝てて！」と叫ぶ。
パパ「え？　なんでよー」
孫「来ないで！　仕事行って！」
パパ「なんでよー、やだー」
孫「ダメダメ！　寝てて！」
仕方なくパパはまた寝る。
百合乃「なんでパパダメなの？」
孫「怖かった。お化けがいた」

百合乃「どこに？」
孫「パパのところ」
百合乃「えっ?!　パパのうしろ？」
孫「……」
そこから孫は口をつぐんでその話はしない。孫はパパっこである。夫にも「お化けを思い出すと悪いからそれ以上聞くな」と言われたそうだ。
またある日の朝、
孫「夜お化けがいて怖かったからママにくっついた」
百合乃「あー、夜中にくっついてきたね。あの時だね。どんなお化け？」
孫「五才だって。ぴょんぴょん跳ねていた」

もしかして、天国からこの世に生まれてきてさほど年数が経ってない乳幼児達や、逆に天国が間近に迫ってきた人達には、同じものが見えているのかもしれない。この世で生きていくために、私達大人はそれらが見えなくなるように細工されているのだろうか。

おわりに

この本は元々娘達や孫達に「私がこの世を去った後に読んでもらえればいいかな……」と思い、当時書いたエッセイをまとめて出来上がりました。それをＳＤカードに入れて、三人の娘達に渡し完成としました。

本の形にしてみようかなと思い立ったのは、文章が書き上がってホッとしてからです。「こういう不思議な経験は私達だけなのだろうか？」と、ふと思ったからです。

本来なら母と兄の二冊分の本が出来そうなところを、共通の「魂の旅」を中心に時間軸に沿ってギュッと一冊にまとめた感じです。

この原稿を書いている途中で、「私が本を書くなんて、やはり無理なのでは……」と、何度も挫折し放り出しました。

それでも再三書き出すことができたのは、ちょっとしたいくつかの理由があります。

一つは、二人の占い師から「六十歳で本を書く」とか、「諦めないで！　必ず本は完成するから」なんて言われたのに、ＳＤカードを娘達に渡しただけで、六十歳を過ぎても自信がなくて本にしなかったことに悔いが残り、劣等感さえ感じるようになってしまいました。その劣等感は一向に消えずに心に重くのしかかってきたので、解消するためには本にするしかないと気付きました。

二つ目は、夫と二人でドライブに行った時の事。新潟県外れの日本海が見える茅葺屋根の小さな神社に立ち寄って手を合わせた時、「書きなさい、書きなさい」と身体の中に低い重々しい声が響いた感じがしました。気のせいかなと思いましたが、再び「書きなさい、書きなさい」と心に響いたのです。その頃は本にすることをすっかり諦めていたので、これは私の心の奥底の声なのかもしれないと思いました。「ちゃんと仕上げて前に進みなさい」と、心の奥底の私自身が訴えているのだろうと。

三つ目は、コロナ禍で長い自粛生活を余儀なくされたからです。友達等とのランチ会もお喋りもなくなり、サークル活動も習い事も自粛生活で行かなくなってしまいました。

無趣味な私は、自宅で一人の時間を有意義に過ごす方法が書く事以外に見つからなかったので、仕方なくパソコンに向かったという感じです。コロナの自粛がなければ本は完成したかどうか。

四つ目は、母や兄の似たような不思議な現象を、皆さんになんとか伝えたいと思いました。私にさえ起きた事、どちらか一つでも経験している人は、この世の中に必ずいると思ったのです。

そして五つ目、高校生の頃は小説家か漫画家になりたかった兄。絵も文章も抜群に上手かった兄に刺激になって欲しいと密かに思いながら書いていました。退職後はアパートに引きこもりがちで、何かを始めるきっかけになって欲しかったからです。「母の部分だけでも校正してもらえないか？」とか、「表紙や挿絵を描いて欲しい」と絵画道具を送って再三頼んでみましたが、首を縦には振ってくれませんでした。説得に二年ほど費やしてみたものの全く興味を示してくれず、ようやく私自身の諦めがついたという感じです。とうとう原稿を読んではくれなかったものの、本にすることには心から賛成してくれています。

死期が迫ってきた母が、時空を超えて未来や過去を見て体感してきたように、もし私が身体を離れる時がきたら、確かめたいことがあります。

母がたった一人で天国に旅立つとき寂しくなかったか……、あの最後の無言のメッセージはいったい何を言いたかったのか……、あの日、兄にいったい何が起きたのか……等々、当時の母に聞きに行きたいです。

他にも、時空を超えて見に行きたい所はいろいろあります。母のように、エジプトのピラミッドとかマチュピチュとか……。モアイ像も見たいです。

もしかしたら、途中で挫折して書くのを止めてしまった私に、「書きなさい……、書きなさい……」と、はっぱをかけたのは、私自身、天国に向かう前の私の意識だったかもしれませんね。

＊周りの皆さんにご迷惑をかけないように、不快な思いをさせないように、人名と居住地名を仮名に書き換える作業を終えてペンを置きたいと思います。

私のわがままを聞いて、幼子の子育て中にもかかわらず何度も校正してくれた次女と三女に感謝します。協力ありがとうね！

書いて本にすることを快く承諾し、さらに応援までしてくれた兄に心より感謝いたします。

九年前に「いつか貴女はエッセイストになりますよ」と励まして下さったエッセイ教室のＭ先生に、心より感謝申し上げます。

編集を担当し、優しく接して下さった風詠社のスタッフの皆さん、素敵な表紙絵を描いて下さった伊藤ちづるさん、この本の制作に携わって下さった皆様に心より御礼申し上げます。ありがとうございました。

琉水　掬世（るすい まりよ）

北陸の地方都市に暮らす専業主婦。この10年間、母の介護、両親の見送り、突然病に倒れた独身の兄を助け見守り続けてきた。そして、その最中にも3人の娘を嫁がせ、2人の里帰り出産と産後ケアの手助けを経て今に至る。還暦を過ぎた現在は夫と2人暮らし。これからの人生に向け、ひとつの区切りにと、介護の中で不思議に思ったことや心に残ったことを本として記した。

母が**時空散歩**始めました

2023年9月7日　第1刷発行

著　者　琉水掬世
発行人　大杉　剛
発行所　株式会社 風詠社
〒553-0001　大阪市福島区海老江5-2-2
大拓ビル5 - 7階
Tel 06（6136）8657　https://fueisha.com/
発売元　株式会社 星雲社
（共同出版社・流通責任出版社）
〒112-0005　東京都文京区水道1-3-30
Tel 03（3868）3275
装幀　2DAY
印刷・製本　シナノ印刷株式会社

ISBN978-4-434-32354-6 C0095